# 爆笑烏龍院 1

30週年！
紀念新版！

## 記得當時年紀小

漫畫・
敖幼祥

# 《創作歷程》之爆笑版

如果沒有人反對的話，我想把「宇宙超級無敵傻瓜獎」頒給自己！

掌聲鼓勵！PA！PA！PA！PA！

將近三十年前，在沒有任何經驗和技術不成熟的狀況下，我簽下了「烏龍院」作品的製作合約；那勇敢到不行的年紀大約是二十八歲，也就是烏龍院四格漫畫發表後的第三年。曾經有位哲學人士說過：「不知道，就是天堂呀！」哇！真是愛斃了這句話，簡單幾個字就穿透時空劃破罩門！任何事在未涉入之初，在沒跳下攪和之前，總讓人抱持著樂觀、好玩、新奇、期待和探索的心情去看待，那種感情純潔得就像白雪般的紙，但是一但跨過了界，而且愈走愈深的時候，就開始發覺自己的心情沉重了，原本簡單的路變得複雜分歧。

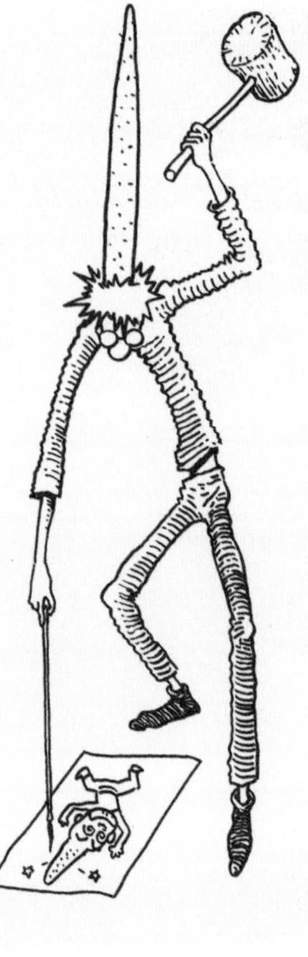

啊！可不是嘛！那時候連自己的功力都畫驢像馬，而為了產量徵來的兄姊弟妹助手也是半缸水，於是有生以來第一個工作室就在這種「雄心滿滿，底氣不足」的氣勢中開張幹活了，那股子亂勁甭說雞飛狗跳了，就連自己養的那條聖伯納巨犬看到畫出來的草稿都嚇得縮到沙發下面。

在那個沒有電腦的年代，上色是門大學問，所有的一切都是「純手工」，由於沒有經驗，能用的色料通通搬上戰場，水彩、粉彩、彩色鉛筆、彩色墨水，甚至連兒童塗鴉用的著色筆都用上了！總而言之，這套漫畫的精神是「勇敢有餘，智謀不足」，是真正「打死不退的漫畫鬥魂」！我現在想說的並不是僅指技術層面而言，而是回想到當時因為這套書產生的心情有感而發吧！

啊！不說了！來說點值得一提的事吧！

「烏龍院」系列是我第一次運用連環漫畫的形式來表現的故事，同時也是我第一次受到國外媒體關注的作品，其中部分內容曾在日本最大的出版集團「講談社」的《Comic Morning月刊》上以外國漫畫家精選作品連續刊出半年，這是真正值得大表揚的一件事。

來！給點掌聲鼓勵！

PA！PA！PA！PA！

謝謝！謝謝！我們會再努力的！

謝謝！謝謝……

敖幼祥

2008.07.14

# 目錄

chapter 1
相思夫人

又是秋天了啊！
白髮三千丈，
緣愁似個長。
不知明鏡裡，
何處得秋霜。
唉！
李白的這首詩，真是把別離形容得太傷感了！
嗚！每次想起都悲不自禁。
哎喲！

哇啊！疼死
老蝸啦！
嗚！我的千年
老殼呢！
真是的，都一
大把年紀了，
還這麼激動！
其實這件
事換了任
何人，
都會傷心難
過的……
您也想知道
為什麼嗎？
且聽老蝸慢
慢道來……

這……
是一個故事，
一個美麗的故事，
一個充滿浪漫氣息的古典愛情故事……

這個故事發生在四十年前的石頭城……
城郊三十里的紫陽崗上，有座不了園……

那裡是一座
花園錦簇的私人宅院……
雕梁畫棟
庭台樓閣
每個小角落都裝潢得精緻素美，高貴典雅
甚至連小地方也注意到了！
内有惡犬

啊！真稱得上是美的
極致、美不勝收！
花圃裡的花朵花香撲鼻，
迎風招展。
那裡的每一根草，
每一朵花，
每一棵樹，

都是由女主人親手種植，
細心栽培。
朵朵鮮花爭相開放，
艷麗奪目。
但是，
花再豔麗，也都比不上
栽培它們的主人。
我？才不
是哩！
我哪有這
種福分！

她就是我們不了園裡的仙子——

相思夫人！

相傳世間只要
是男人……
豪邁瀟灑！
英勇強壯！
所向披靡！
我是男人！

但是……
但是什麼？
我的字典裡沒有「但是」兩個字！
我……但是啊！
但是，只要見到相思夫人的樣子……
必定會心神恍惚，
徹夜難眠。
T.B.
你在哪裡？
茶不思！
相思夫人，我好想你！
飯不想！
最後……唉！又多了一個痴情兒！
但是……

從來沒有一個男人見過她的真正容顏！
沒有一個男人撫摸過她的秀髮，
也沒有一個男人做過她的密友，
更沒有一個男人，
嘗過她親手做的佳肴！
因為要見相思夫人的男人實在太多了！

即使能進得了不了園的大門，
下一位！
哈哈！終於輪到我江北才子啦！
也不一定能見到相思夫人一面，
為什麼？
我已經排了一個月的隊了！
因為必須要經過一段考試，才能見到她。
嗯！那沒問題，
我是從小考到大的考生呀！
必須通過琴、棋、書、畫四大關。
啊？還有藝術科

第一關考的是「琴」。
哈！這個簡單！南琴、胡琴、古箏、琵琶，我樣樣精通！
你先彈一段這個來聽聽！
啊！這是什麼玩意兒？
這叫鋼琴，笨蛋！
啊？用鋼做的呀！
這到底是什麼玩意兒？
第一關不及格！
喂！要考第二關了！
這第二關考什麼？
考的是「棋」！
哈！這下棋是我的拿手好戲！
老天！這到底是什麼玩藝兒？
公子，
你有問題嗎？

來吧！誰怕誰？
請坐！
姑娘，擺出陣式吧！姑爺我兩三下就「殺」你個措手不及！
棋子和棋盤都擺好了！
可惡！你在唬我！
這裡哪有什麼棋子呢？
棋盤有棋不是棋，心中有棋才是棋，你根本不懂得下棋的意境嘛！

可是……
你到底下不下？
第二關不及格！
下沒棋的棋，我……
別我呀你的了，快來考第三關吧！
這關考的是「書」，也就是考你的學問！
是！我考就是了！
我問你，這是什麼？

這個……
這麼簡單的問題，連三歲小孩也知道嘛！
哈哈哈哈哈
哦！那麼公子你快說這是什麼呀？
這是圓！
圓有直徑、有半徑，是一種從中心到旁邊無論哪一點距離都相等的形體！
例如：年輪是圓的，銅幣是圓的，八月十五的中秋明月也是圓的！
就像姑娘的腰圍，也是圓呼呼的！
……
小生回答得如何？
沒有一百也有九十九吧！

你答錯了！
你別開玩笑了！這個不是圓是什麼？
我再問你，這是什麼？
這是圓的呀！
難道是方的不成！
這不是圓的，也不是方的，
這是張「紙」！
第三關不及格！
紙！我怎麼沒想到是紙呢？

嘖，連紙都不知道，
我看你還是回家苦讀十年再來吧！
不！我不服氣！
琴、棋、書，你們用的手段太不公平了！
最後一關，我要求一對一，硬碰硬，比實力！
好吧！先生，既然如此，請來闖第四關吧！
你……負責第四關？
是的，請到這邊來！

哈哈！居然派個小丫頭
出來跟我比「畫」！
喂！小娃娃，
你可知道我江
北才子的來頭
嗎？
我可是師出八
大山人門下，
「唐白虎」還
得稱我一聲師
兄哩！
來！小生我露兩手讓你瞧瞧
什麼叫做畫畫！
你要考白描
仕女圖呢，
還是要考潑
墨山水？
我們要考
的項目是
——
漫畫！
啊
!
要考漫畫?!

實在太荒謬、太侮辱人啦！
要我江北才子來畫這種東西？
那實在是汙辱我的手呀！我……不……
可是，我們夫人最喜歡看漫畫！
唔！她喜歡看漫畫？是真的嗎？
嘻嘻！其實……嘿嘿……我也……哈哈……
來吧！我們就來畫漫畫吧！刷油漆也沒關係！
我們今天要畫的題目是：「可愛的小狗狗」！

好吧！就畫可愛的小狗狗！
哼！
怎麼不畫香肉呢？
小狗狗！
小狗可愛！
畫完啦！
可愛的小狗！
好像是老虎嘛！
可是我的老師曾說過：「畫虎不成反類犬」呀！
不行！畫得太像老虎！
討厭！畫得太好也不行!!
我的老師沒教過我畫漫畫嘛！
這張如何？
不行！
這幅呢？
不好！

這幅總可以了吧？
怎麼畫你自己呢？
因為我是屬狗的！嘻嘻！
小狗小狗！我是小狗狗！汪汪……汪汪
第四關零分！
考試不及格！
太差勁了！
回家去吧！
請走吧！

哇
拜託再給我一次機會好嗎？
我一定會考滿分的！
我們用心靈來下棋！
心裡沒有棋子怎麼下？
這是張又白又純的白紙！
這明明是圓，你怎麼說是白紙？
我們來畫可愛的小狗狗！
小狗有什麼可愛的？

不了園，你們
欺人太甚啦！
砰
讓他進來吧！
是！夫人。

你就是江北才子？
正是小生在下敝人我！
念你誠意可嘉，我就再給你一次機會！
真的！
特地不遠千里、慕名而來，
只為一睹夫人風采……
不許偷看！

你可以提出一個問題來問我！
如果我答不出來，就算我輸了！
好極了，
這才公平！
嗯～～
我要出題目嘍！
嘿嘿……
我要妳嫁給我！

你說呢？
我當然願意啦！所以我才問你願不願意嫁給我？
你願意嫁給我嗎？
你已經問過了！
可是……你還沒有回答呀？
我已經回答了！
是我問你：「願不願意嫁給我？」你回答：「你說呢？」然後我說：「當然願意啦！」所以我才……我才……
我才……
啊！
哇！我又輸啦！

相思夫人就是
如此刁難，如
此神祕。
可是天下的男人就
是願意對相思夫人
如癡如狂。
崇拜她！仰慕她！
為她痴，
為她狂，
為她而亡。

有的甚至……
為了她願意拋棄王位！
只為一親芳澤。
唉！真是可憐的男人啊！
然而……

石榴樹下，成千上萬
的足金拜帖，有如廢
紙般散落……

無意閣前，堆積如山
的珍玩寶物，布滿了
厚厚的蛛絲灰塵！

唉！男人
啊男人！
天涯何處
無芳草，
何必單戀一
枝花呢？
愈難得到的，
就愈想得到！
唉！相思只為多情苦，
痛苦只為不了情！

其實追求她的人，也都非泛泛之輩。
有博學多才的狀元郎，
有富可敵國的公子爺！
有武藝高強的大劍客，
有自命瀟灑的「賽潘安」！
哈啾~

但是，仰慕者中
最突出的要算是
——錢一獨！

他就是錢老員外的獨子。錢家莊占地萬畝，用金鑲的門，用銀砌的樓，僕從上千……是石頭城方圓百里內的首富，財產多得就像沙粒般數不清！
錢家莊
錢

錢老員外雖然家財萬貫，但是自己卻是個節儉的老「摳」王。
可是最令他煩擾的不是財富，
而是至今膝下仍無一子可繼承大業。
1
2
3
啊！六姨太，妳有身孕啦？
不！這是啤酒喝太多啦！

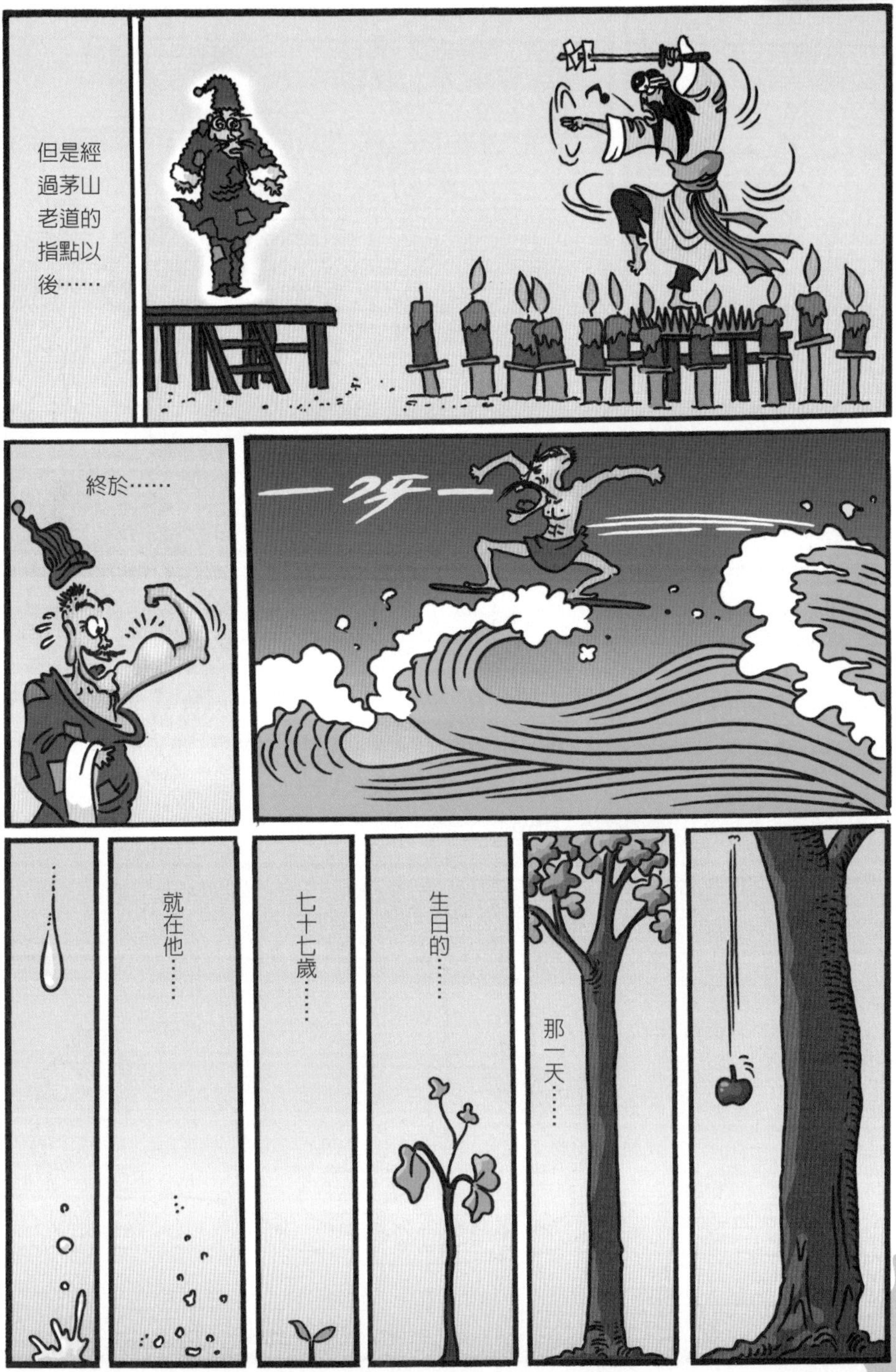
但是經過茅山老道的指點以後……
終於……
就在他……
七十七歲……
生日的……
那一天……

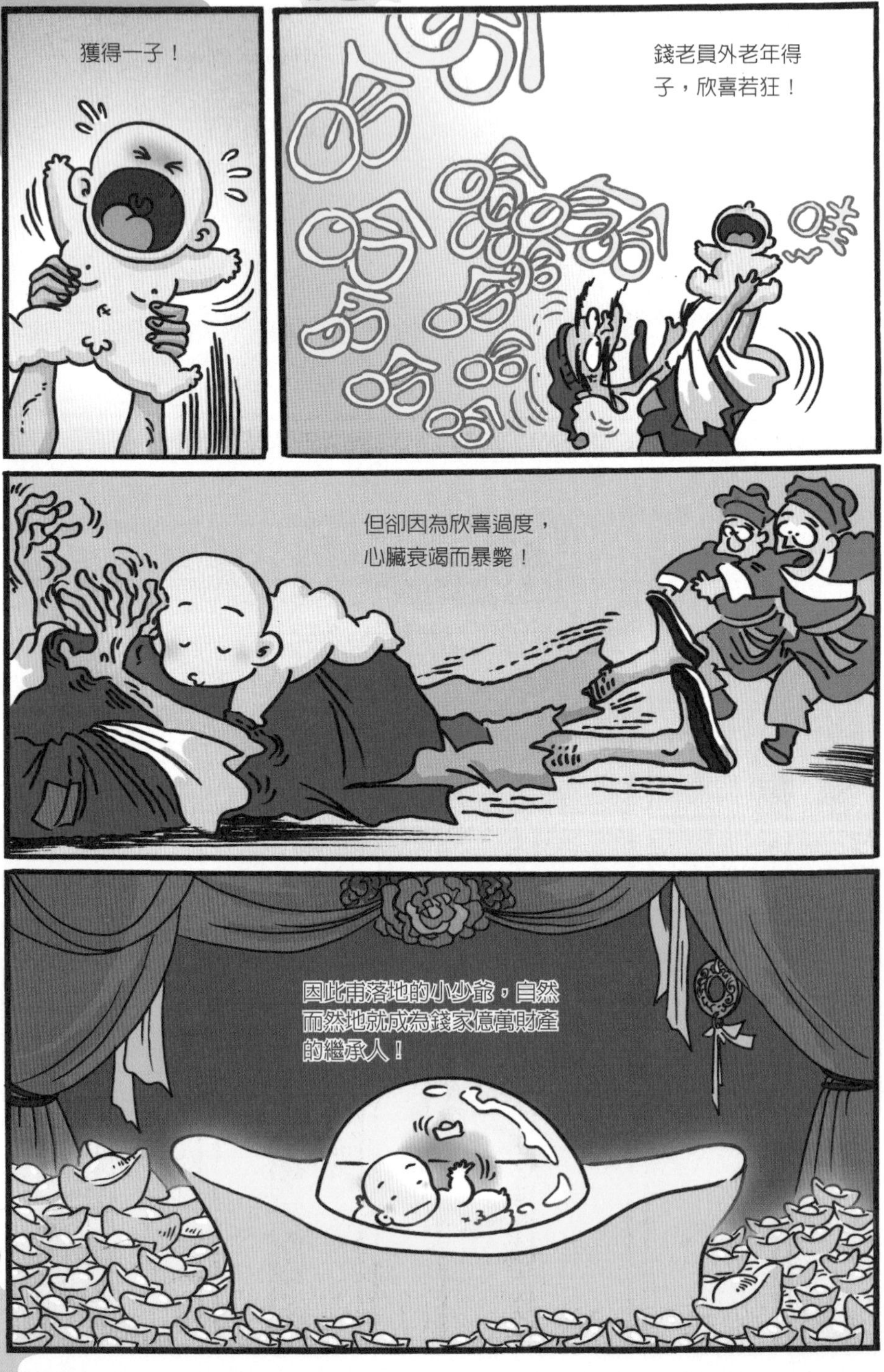
獲得一子！
錢老員外老年得子，欣喜若狂！
哇
但卻因為欣喜過度，心臟衰竭而暴斃！
因此甫落地的小少爺，自然而然地就成為錢家億萬財產的繼承人！

錢一獨自幼就聰慧過人，
智商奇高，
081
讀書過目不忘，
練武舉一反三。
再加上財大氣粗，所以他從小就……
養成了桀驁不馴的個性！

一群笨蛋！我就像待在豬窩裡，一點快感都沒有！
幾乎沒有一個人能管得了他！
在這世界上，他只願意聽一個人的話，那就是──相思夫人！

喂！丫頭！快叫
你們夫人出來！
見我們夫
人要先拿
拜帖！
拜帖？
我已經遞了好幾
百封了，還用得
著嗎？
這是規
矩。
我錢一獨在石頭城
只要跺個腳，整個
城就全晃了，
就憑你們也敢
跟我講規矩？

對不起，錢大少，這裡是不了園，不是石頭城。
踩爛你的腳丫子，也不會動根草的！
哼！我錢家金銀如山，你們這小小的不了園，大爺我才不放在眼裡！

你可以買下幾十座不了園，但是……
卻買不了夫人的一顆心！
你們……
錢大少有財有勢。
且飽讀詩書，武功又好。
為何不用正當的手段？
追求我們夫人呢？
我才沒這份修養！
慢慢來？
修養是要培養的。
你瞧，那個人已經在那裡坐了一個月了。
正

那傢伙在幹什麼？
他要用耐心來感動夫人。
哈哈哈！這真是天下最笨的方法！
公子，別忘了「笨鳥先飛」哩！
嗯！
好了！少跟我說教！
真掃興，我要回去啦！

我明天還會再來的！
恭送錢公子！

嘿喲！
嘿喲！
嘿喲！
嘿喲！
嘿喲！
喂！
掉啦！

謝謝！
啊！
哈哈哈！
嘿喲！
嘿喲！

哈哈哈哈哈！

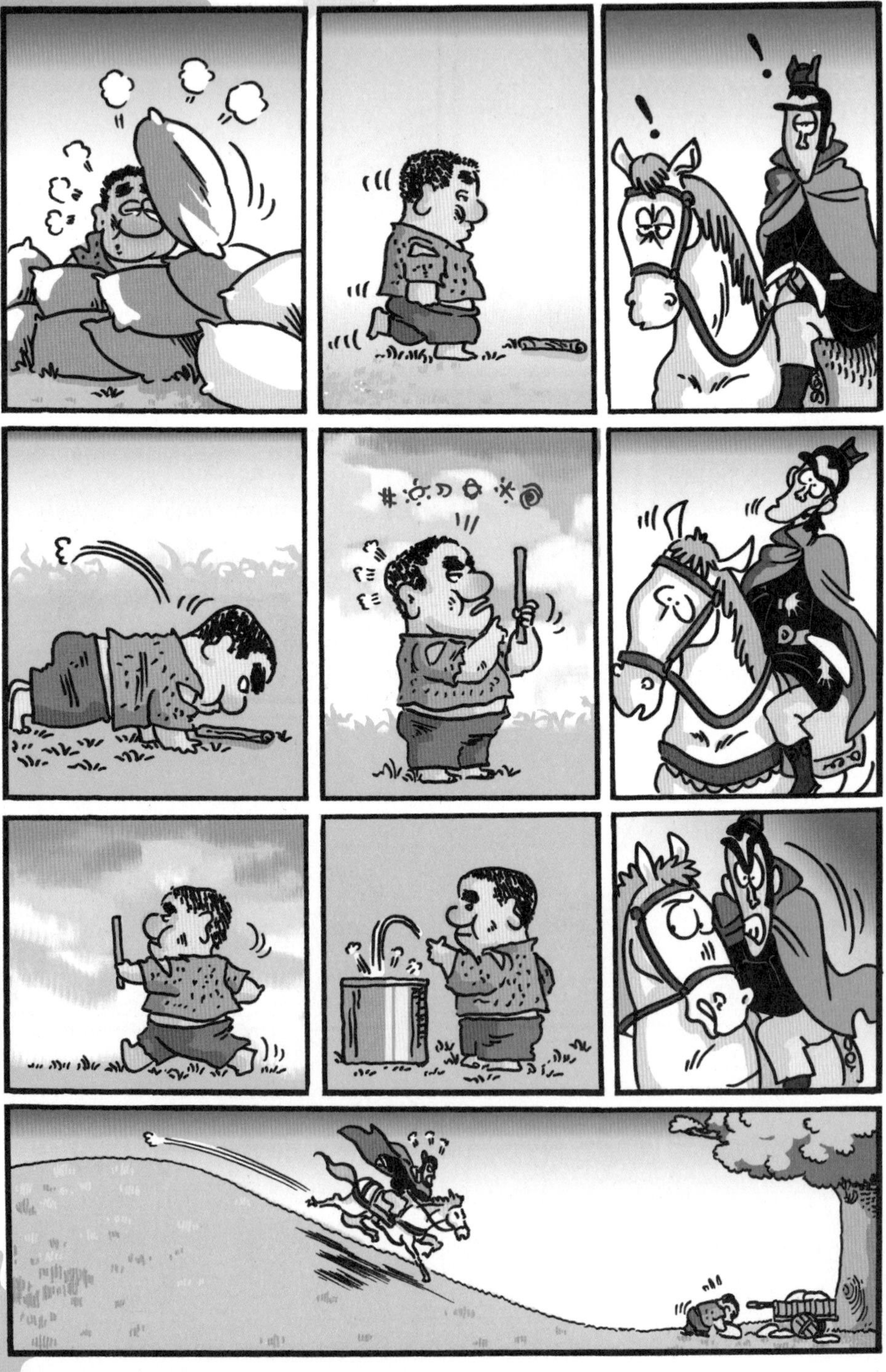

先生，你有事嗎？
哼！
先生，請讓一下！
先生，對不起，你擋住我的路了！
你的路？
笑話！這條路是你家的嗎？
對不起，那我走別的路好了！
慢著！
我讓你過去！
謝謝！
從這裡過去！
那裡？
這裡！

喂！你叫什麼名字！
回稟先生，小的叫做莫老九！
那你知道我是誰嗎？
不知道！
可惡，居然不知道我是誰！
我是你爹！

「我是你爹」先生，你好！
呵呵呵！
砰
先生，你摸我幹什麼？
砰砰砰！
先生，你的手不痛嗎？

啊！

莫老九是個苦命小子，
從小就被送到豆腐行當
學徒，長大後習得一身
好手藝，他做的豆腐香
醇可口、嫩度適中，在
石頭城裡提起老莫的豆
腐，可說是無人不知、
無人不曉！

啊呀！黃豆怎麼到現在才送來？
對不起！半路出了點事，黃豆撒了一地。
你一顆顆撿起來嗎？
莫老九，你真能幹啊！
一顆黃豆一滴汁，黃豆發了芽長大後又可以生出好多小黃豆，小黃豆又會生出小黃豆！
哈哈哈！莫老九，你真是個好人！

咦？你受傷啦！
是被誰打的？
一個騎白馬的大爺。
錢一獨！又是這傢伙！
哼！他仗勢欺人！
他出手重，一定很疼吧？
不，不疼！
只怕弄髒他的手。
咦，你怎麼一點脾氣都沒有呢？
老九天生命苦，不敢與人爭強！
唉！你實在是……
我幫你把車推到帳房去拿錢！
不！我來，我來！

老九，這是今天的黃豆的錢。
好像……不用這麼多嘛！
你太辛苦了，多的就拿著用吧！
不不不！
我不能多拿你們一分錢！
沒有關係，你就收下吧！
可是我……

參見夫人！
老九，快見過夫人！
喂！老九！
啊！我我我……
不用多禮，真是辛苦你了！
不不……不會！不會！

這些黃豆是你一顆顆撿起來的？
是的！是的！
你真有耐性！最起碼也有幾萬顆吧？
一共有十二萬三千四百七十九顆半黃豆！
那半顆是被我踩扁的！
哈哈！
哈哈哈！
你可真細心！
啊！你的手腫腫的！
是今天撿黃豆弄成這樣的！
疼嗎？

還疼嗎？
不、不疼！
老九告別夫人！
BOOM
哈哈！
對不起！我真的要走了！
哎呀！
哦！
莫老九……

莫記豆腐

莫記豆腐

……
錢大少爺，一大早就來此，有何指教？
講指教不敢擔當！小生我……嘿嘿！是專程來遞拜帖的！
一大清早把我們姐妹吵醒，就為了這椿事！
喂！昨天是你們說非要拜帖不可！怎麼今天大爺送來了還得看你們臉色！
姓錢的，你少在此耍威風！要見夫人，最好對我們客氣點！
哪！這些東西是賞給你們的！
誰稀罕！這些玩意兒我們不了園的廁所也有！

咚咚！
咚！
臭娘兒們！
你罵誰？
大膽奴婢！你們找死！
住手！
親愛的！
錢一獨，你居心不良，今後不了園你少來！
夫人，我……

哼！
夫人！
可知那一車黃豆，是夫人叫的？
昨天你把莫老九整的那麼慘，是什麼意思？
好哇！原來是他來這告狀的！
你仗勢欺人，太不應該了！
而且，夫人對這件事非常惱火！
他媽的，賣豆腐的渾小子，我劈了你！
走！回城裡去！
你們兩個隨後跟去看看！

莫記豆腐
咦？怪了，今天怎麼不賣豆腐了？
糟糕，麻婆豆腐燒不成啦！
今天不賣豆腐
這莫老九一年三百六十五天從來不休息的呀！
今天可能生病了！
一定是得了感冒！
呸！別亂咒好人，老九心地善良，老天爺會保佑他的！
讓開！讓開！
啊！是錢家大少爺！
又是那惡霸！
哼！
走遠點！碰到他就會倒大霉的！

莫老九！你給我
滾出來！
莫記豆腐
……
今天不賣豆腐
喲！打
烊啦！
死烏龜躲
起來啦?!
今天不賣豆腐
別以為躲起來，我
就拿你沒辦法！
躲得過今天，叫
你看不到明天的
太陽！哼！
莫記
豆腐
豆腐
莫記

奇怪！莫老九是怎麼回事？
大概是昨天累倒了！
不對勁，煙囪還在冒煙吶！
上前去看看！
啊！

好像是咱們夫人呀！
他……他這是幹什麼？
快回去稟告夫人！
夜
忘了她的臉！
是這樣……
不不不，都不對！

砰
砰
砰
走開！走開！別來吵我！
老九，我是不了園的丫頭！
對不起！
今天沒做豆腐！
有人要見你！
誰？
哪！你瞧！
!
啊
!

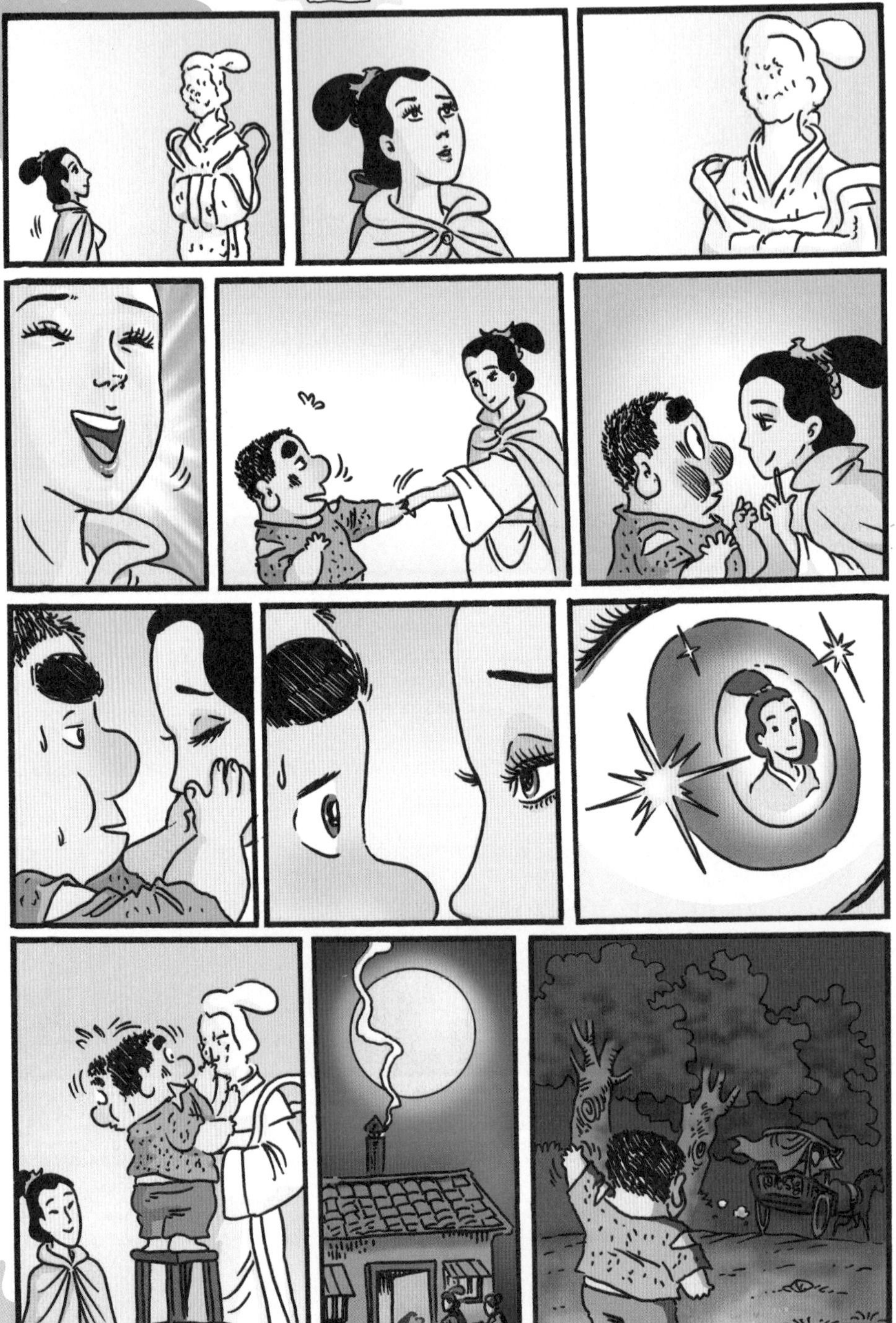

哇！
哇！好美哦！
真是個傑作啊！
居然能用豆腐做出來！
看不出他還有兩下子啊！
真是人不可貌相！
聽說莫老九要用這個去向相思夫人求親哪！
錢家莊
!

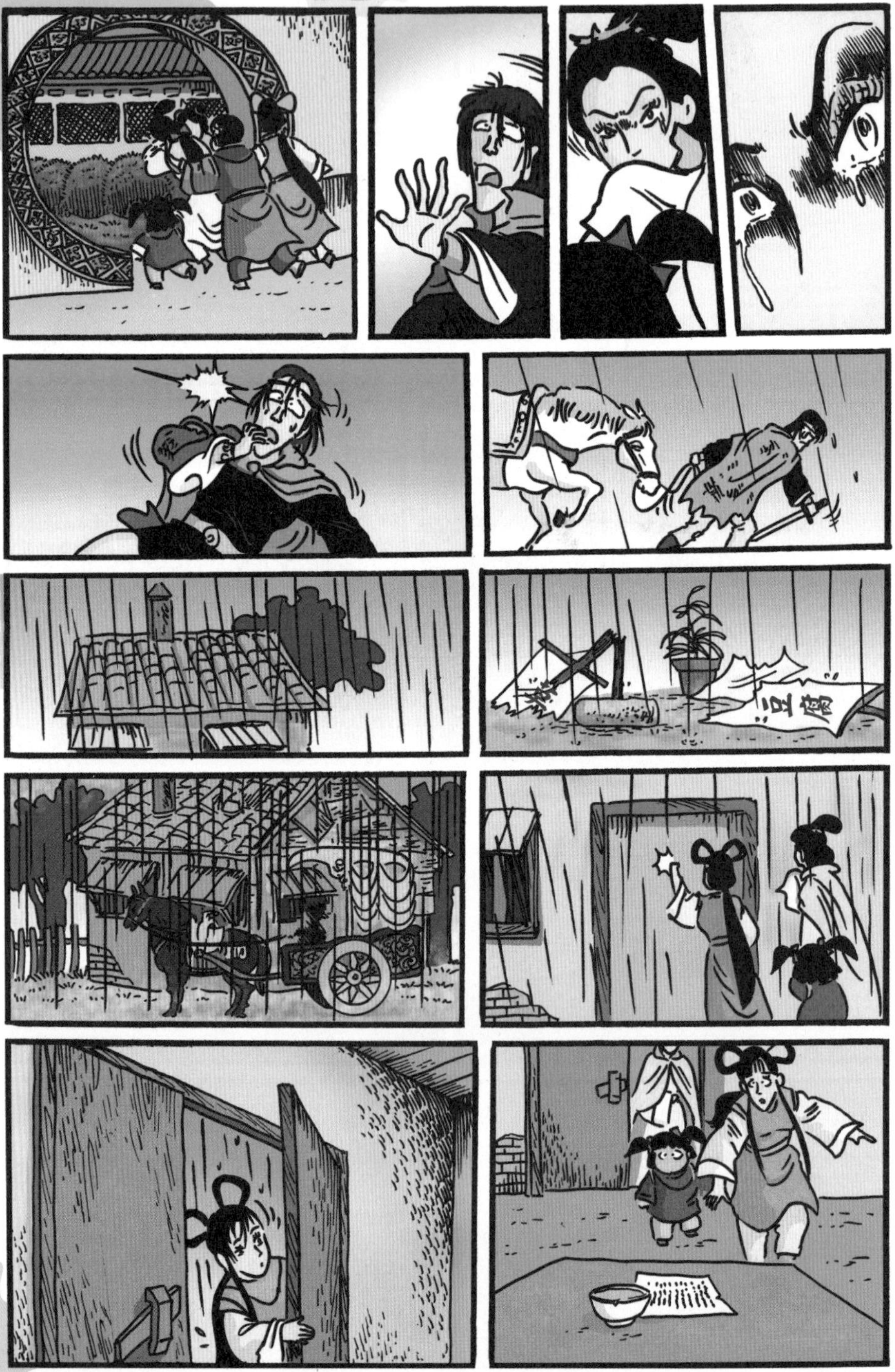

錢家莊

10
20
30
40
光陰
……四十年後
奇怪！二師父為什麼吃豆腐時，總是唉聲嘆氣的？
更奇怪的是，大師父從來都不吃豆腐呢！

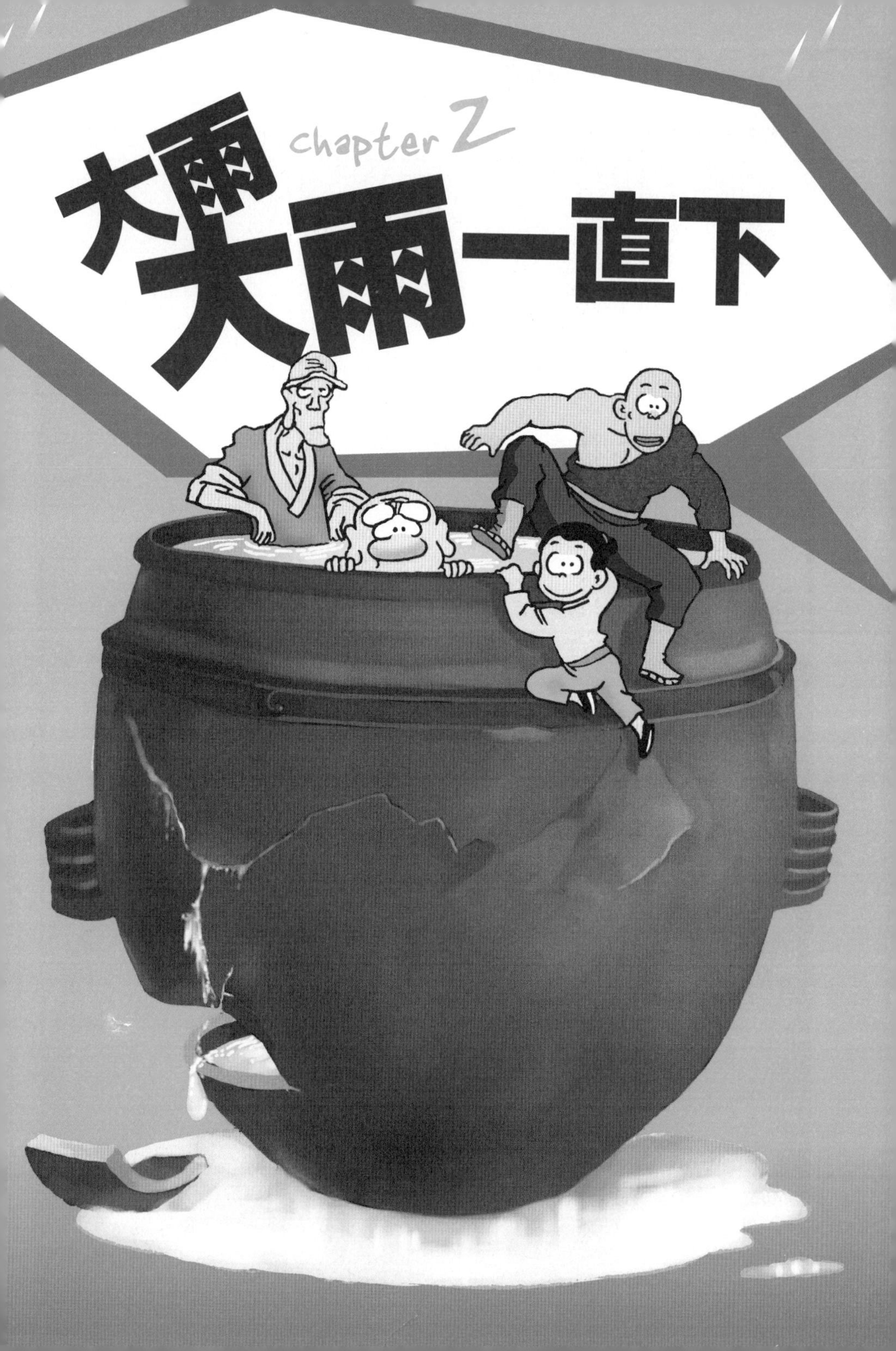
chapter 2
大雨大雨一直下

滴!…
滴…
滴…

嘀
嘀！

砰
?
?

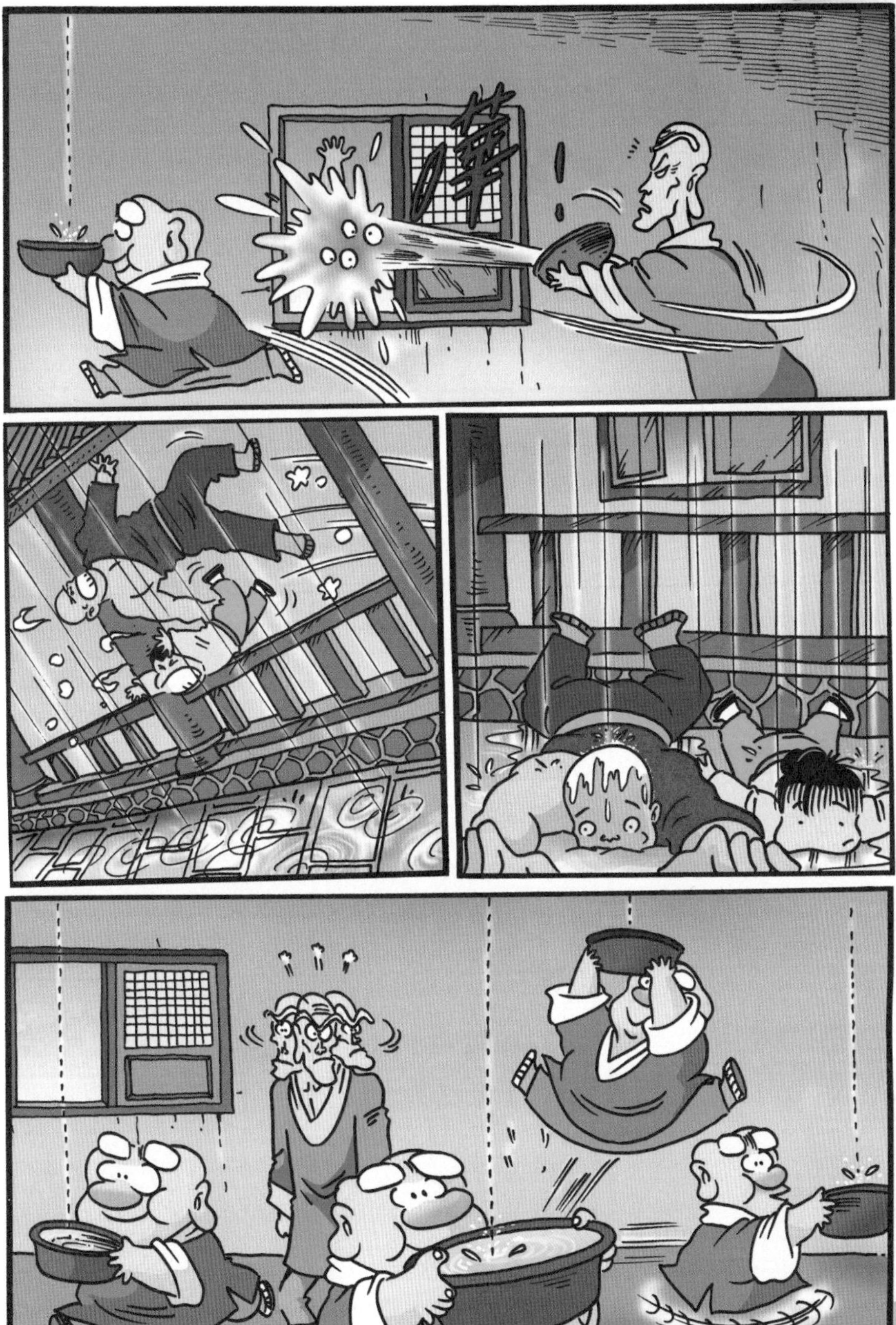
嘩

chapter 3
歐陽小白復仇記
咕

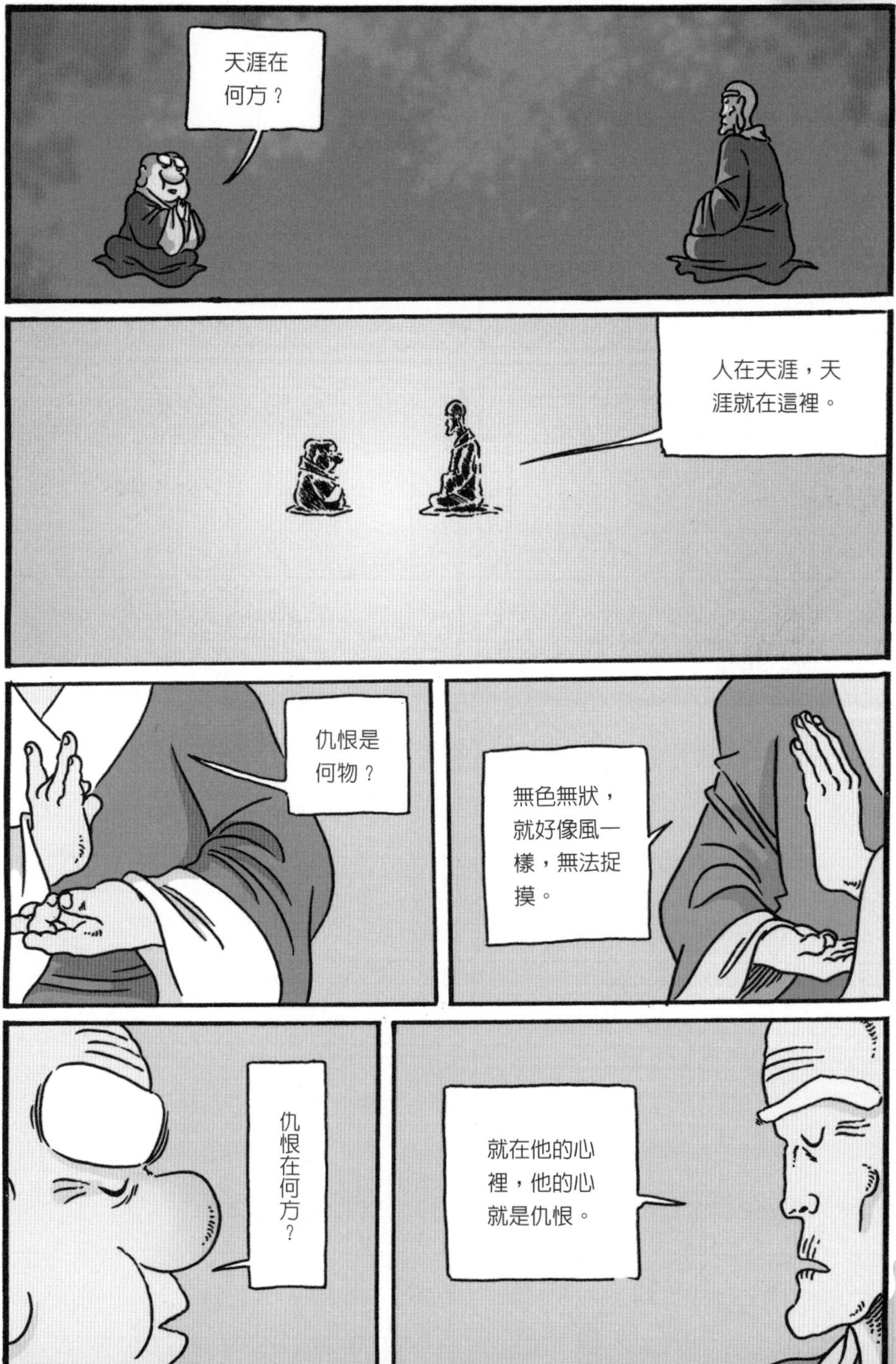
天涯在何方？
人在天涯，天涯就在這裡。
仇恨是何物？
無色無狀，就好像風一樣，無法捉摸。
仇恨在何方？
就在他的心裡，他的心就是仇恨。

刀呢？
刀就在他手中。
那是把什麼樣的刀？
一把帶著復仇怒火的刀。
你怎麼知道他會來？
人尚未至，殺氣已經到了。
如果他找不到呢？
現在找不到，
遲早有一天會找到。

一定會
找到？
一定！
唉！
唉！
哇！師父的對話真武俠！

武俠在
哪裡？
武俠在小
說裡。
小說是
何物？
有圖有字，就像
漫畫一樣，叫人
看得入迷。

不要開玩笑！
正經點！
到底發生了什麼事？
有人要殺害你們大師父！
啊！
啊！

好大的膽子！
難道不知道大師父武功高強嗎？
我們來保護師父！
不用怕！
你們兩個？
嘿嘿……
不知道
誰保護誰？

不能捧拳場！
至少，
我們也捧個人場呀！
此事非同小可，商議一下如何對付吧！
對！召開緊急會議
來喲！
大家快圍攏啦！
要開會囉！

渾蛋！就只有
我們四個。
唉！真
是受不
了！
我還真有些
擔心哪！
到底是什
麼人，令
大師父如
此擔憂？
他就是
……

歐陽小白！

夕陽下，
歐陽小白
走在夕陽
下……

夕陽下只有他一個人，天地間彷彿只剩下他一個人

這種鳥不生蛋的地方，還會有別人嗎？
不！還有我們！
你們算人嗎？
哇！好可怕的殺氣！

哈哈哈哈哈哈哈
逃命喔！
他就是
歐陽小白
他名字白，
皮膚白，
一身白衣，
一雙白靴，
連內衣
褲也是
白的！
討厭！為什麼都
是白的？

這樣著色比
較省事嘛！
老兄，這也未免
太單調了吧！
工作室
那就加條
花腰帶好
了！
工作室
哇！好俗氣呀！
吔！
可惡！
哼！
哇！
裂！

他的刀，
刀柄漆黑，刀鞘漆黑，刀身漆黑……
是一把漆黑的刀！
……
為什麼刀是黑色？
工作室
因為這樣就看不出生銹了！
工作室
啊
哼！謬論！
哇！不能再畫畫了！

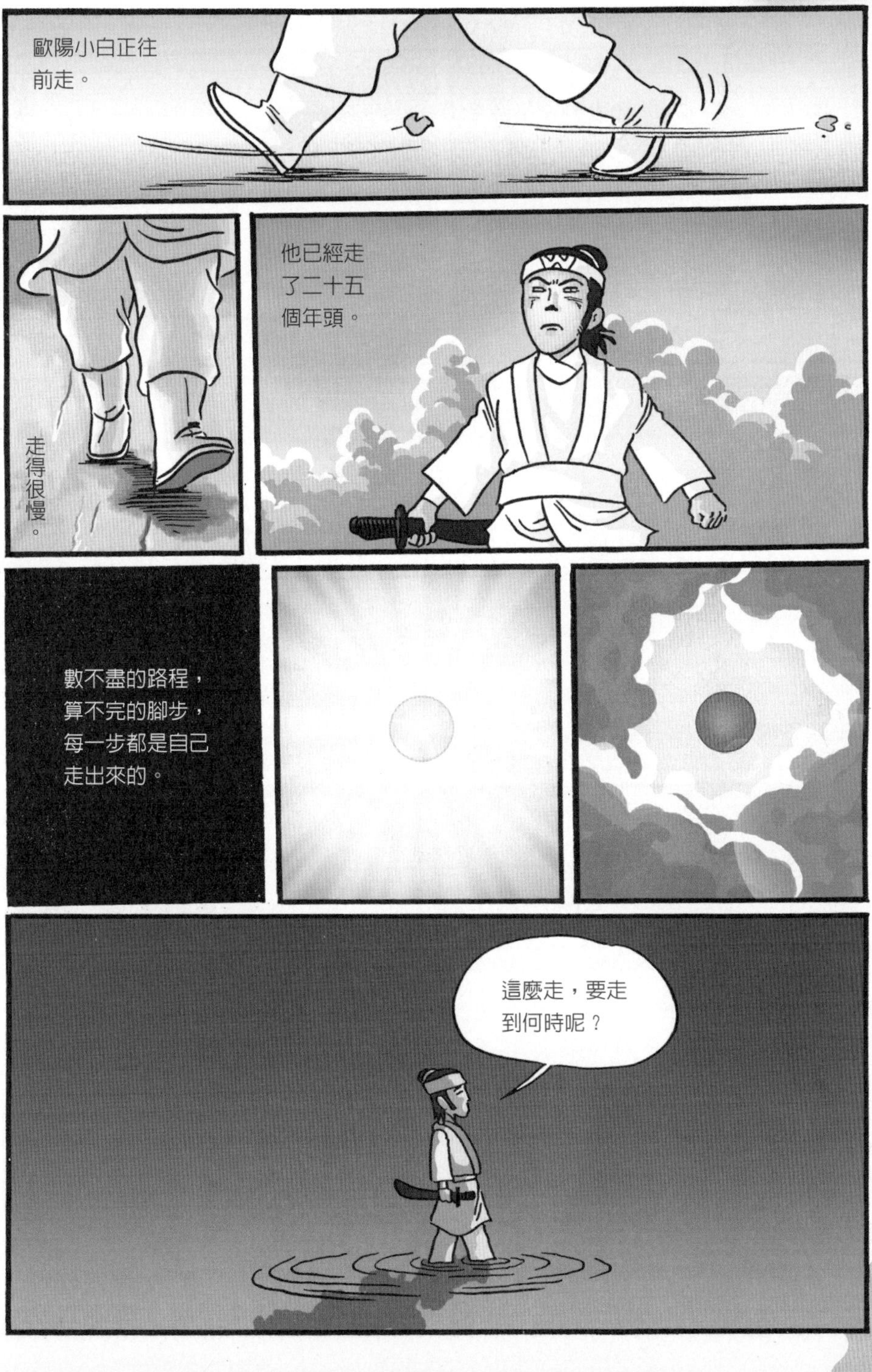
歐陽小白正往前走。
走得很慢。
他已經走了二十五個年頭。
數不盡的路程，算不完的腳步，每一步都是自己走出來的。
這麼走，要走到何時呢？

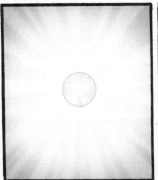

走到尋找到烏
龍院為止！
仇人就在
烏龍院！
他就是
長眉老頭！
哎唷！
什麼人？
喂！你這個
人沒長眼睛
嗎？
你躲在草叢裡
幹什麼？
自己不會
看嗎？

居然在拉屎！
可惡！老爹說：「看到髒東西是不吉利的。」
而且會影響到刀氣！
難道你老子沒有這東西？
這……
不可以隨便批評我老爹！
哼！瞧你穿了一身白，才不吉利哩！
這身衣服是我老爹精心設計的！

嘖！你老爹真沒色彩感！
胡說！
家父是世界上最偉大的刀客！
但是很不幸地敗在了一個老禿驢的手上！
既然敗了，
何足言「偉大」二字？
他雖然敗了，可是還有他兒子來討回勝利！

他兒子是誰？
我！
你？
我不像我老爹嗎？
不像！
為什麼？
因為我沒見過你爹！
哇！

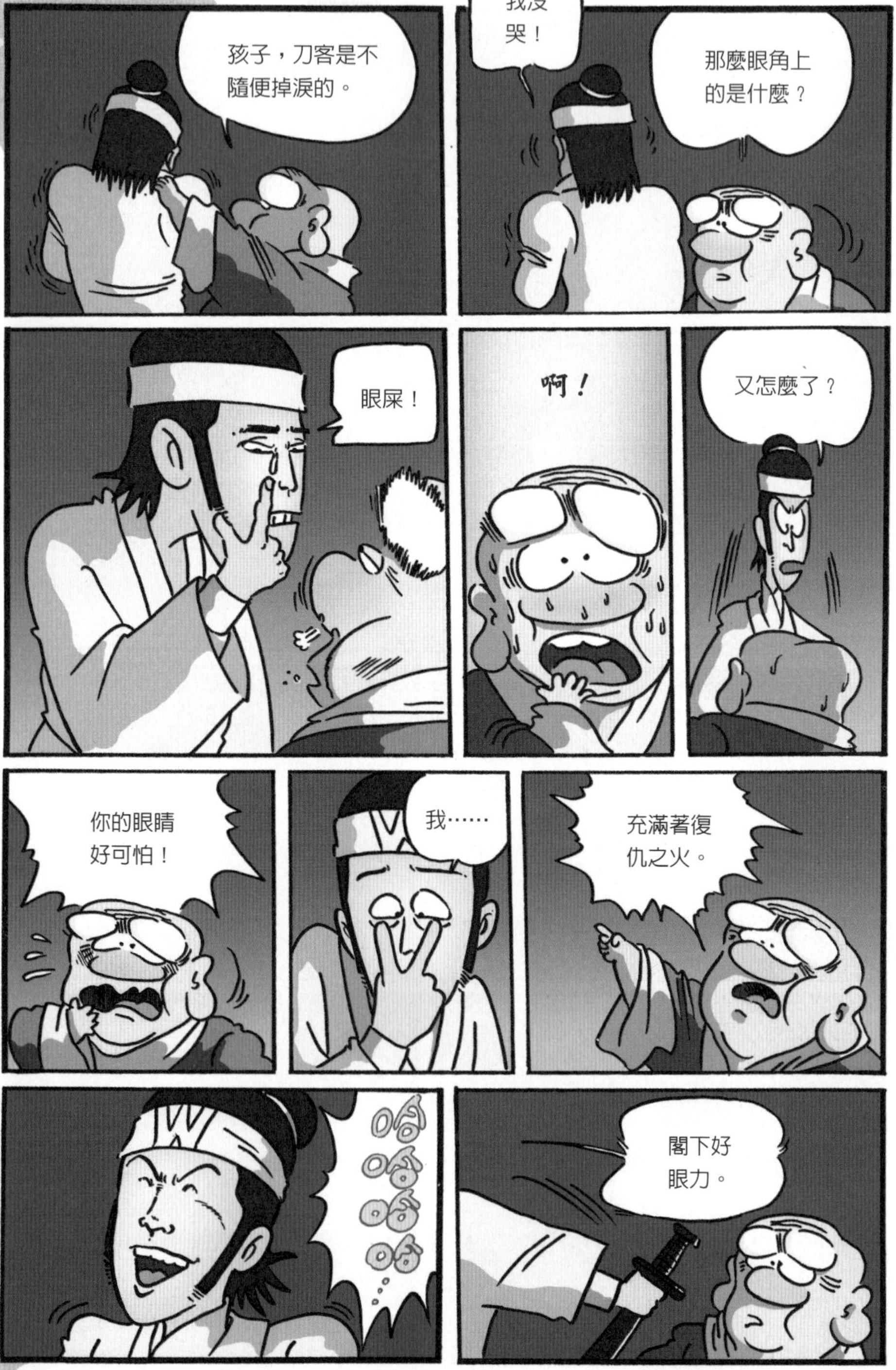
孩子，刀客是不
隨便掉淚的。
我沒
哭！
那麼眼角上
的是什麼？
眼屎！
啊！
又怎麼了？
你的眼睛
好可怕！
我……
充滿著復
仇之火。
哈哈哈哈
閣下好
眼力。

你的刀……
仇恨刀！
那麼你是……
歐陽小白！
你現在要去烏龍院？
對！很正確！
你要找一個叫長眉的人報仇！
咦？你怎麼知道？
我知道你知道的事！
這句話我聽不懂！

現在不宜
告訴你。
你是
……
告辭！
你！
啊！
消失了！
一定是大仙
的化身！
唔！這馬
路是誰亂
挖的?!

咕咕咕

烏龍院。
長眉老賊，你的死期到了！
可惡，
用暗器傷人！
還我的蘋果來！
還我！
還我！
還我！

大俠，請你叫他把蘋果還我！
奇怪！我為什麼要管……
你的事？
喲！你說了會死嗎?!
死！
呸！呸！呸！別詛咒我，待會就要比劍了！
你個子比較大，應該讓小個子！
喂！小白臉，你搞錯了，是他搶我的蘋果！
小個子，你把蘋果還給大個子！
是他先搶我的蘋果，我才搶回來的！

那是你不對！
不！是他先搶我的，我搶回來，他又搶走！
好了！好了！頭都搞暈了！煩死了！
不可以說死！
噓！
啊！對！謝謝你們！
這樣子好了，一人一半！
好吧！
！
你幫我們切！
什麼？用我的寶刀切蘋果？

刀不是用來切東西，是用來幹啥的？
對！切東西！嘿嘿嘿……
好吧！應觀眾要求，就破例一次！
吔！
啊！
再一次！
吔！
再切不到，蘋果都要摔爛了！
只削到皮。

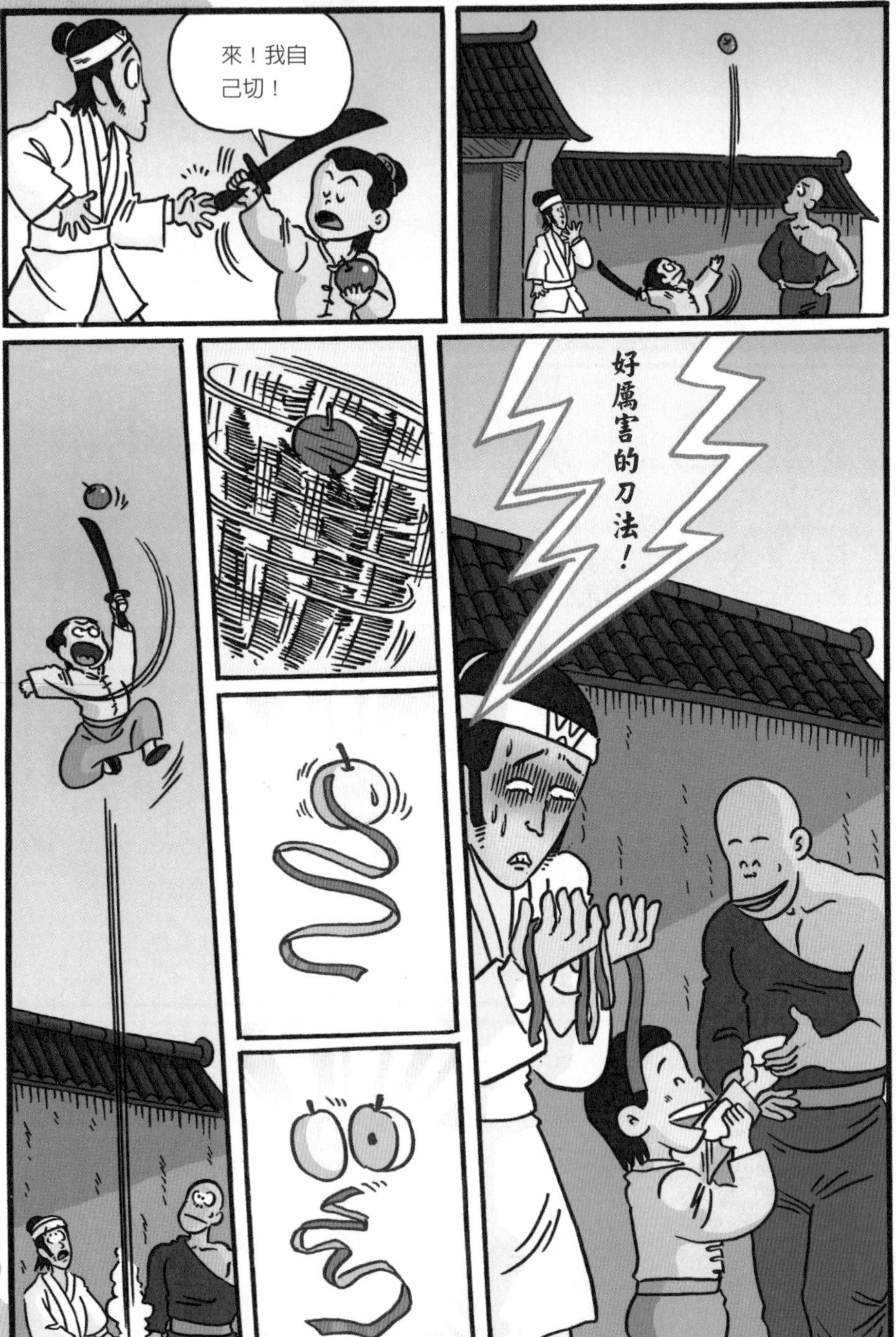
來！我自己切！
好厲害的刀法！

這是我師父教的！
你們的師父是……
長眉大師！
喂！你又怎麼啦？
你仔細看我的眼中充滿著什麼？
眼白！
……
充滿著仇恨之火！
在哪裡？
笨蛋！那是種譬喻！

大俠，世界上充滿著寬恕的愛，
不應該有仇恨才對！
小子，你懂什麼？你又不是我！
就因為我不是你，所以才勸你呀！
我聽不懂這句話！
笨蛋！那是種邏輯！
再見！
謝謝你！

哼！兩個小笨驢！
還不知道你們師父就快完蛋了。
唔！
可怕的刀法！
我……
不！我怎麼這麼懦弱？
我要完成爹交代的任務！

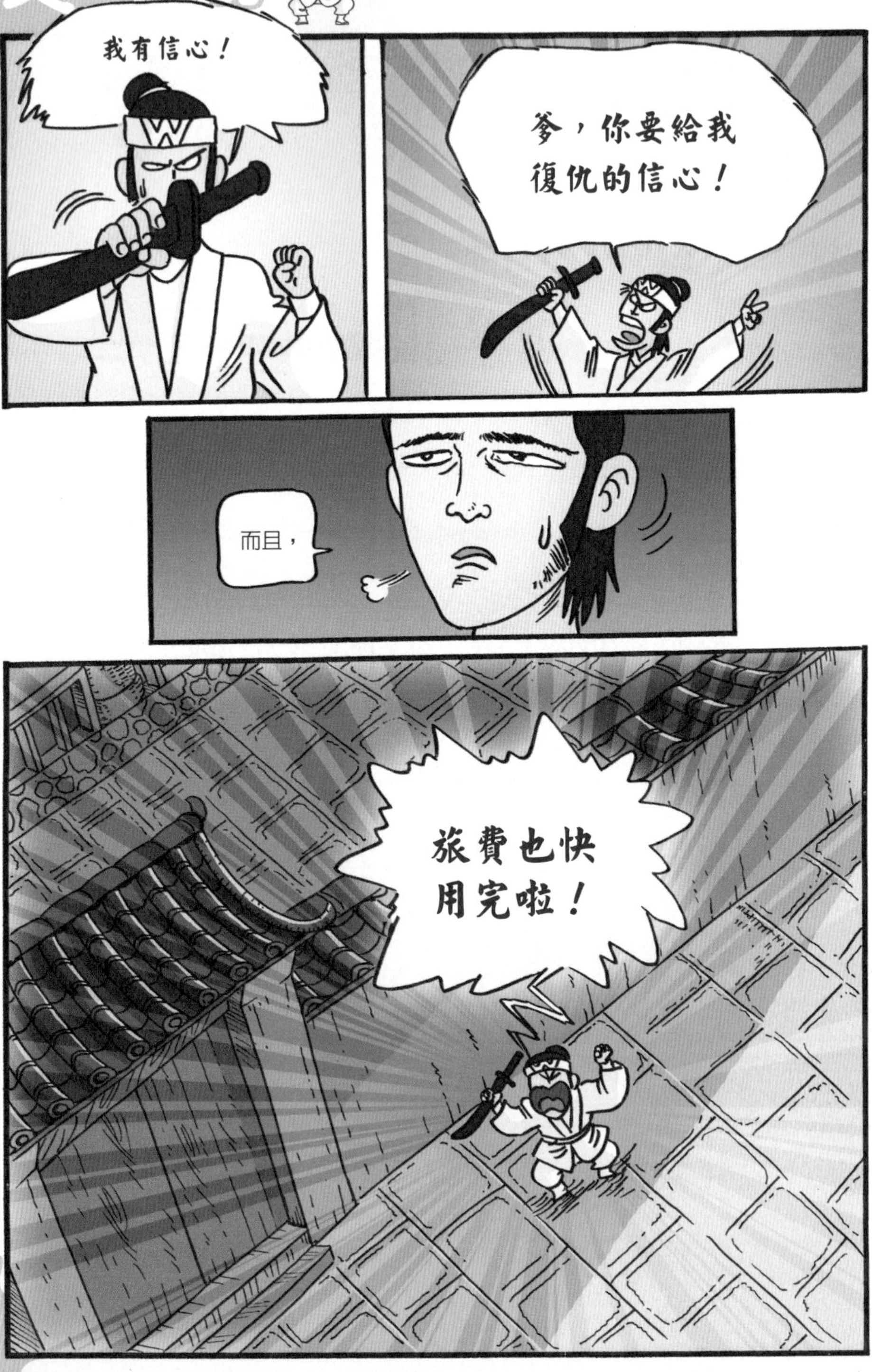
我有信心！
爹，你要給我
復仇的信心！
而且，
旅費也快
用完啦！

你來了？
我來了！
你為什麼喜歡玫瑰？
因為玫瑰有刺！
你喜歡刺？
我喜歡刺人，
刺人的心，
刺人的手，
尤其是刺我的敵人！
BOOM

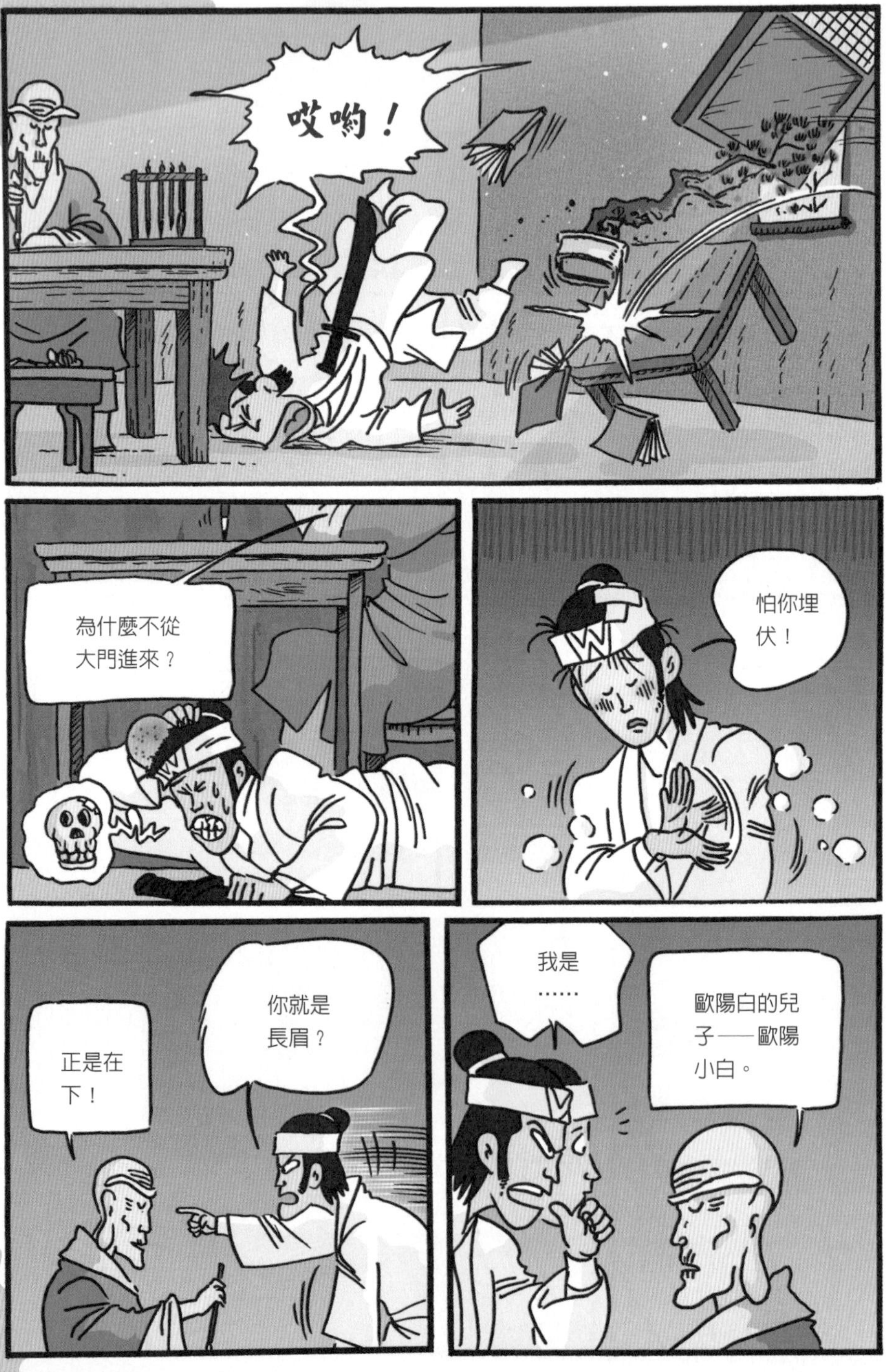
哎喲！
為什麼不從大門進來？
怕你埋伏！
你就是長眉？
正是在下！
我是……
歐陽白的兒子——歐陽小白。

你知道我來的目的？
我已經等你很久了！
請坐！
哼！
那是你的玫瑰！
你來這裡就是要找我報仇？
否則我為何要到烏龍院?!
令尊還好吧！
自從比劍輸給你之後，就終日買醉，現在連握刀時手都會發抖！

那把刀呢？
刀就在我的手上。
仇恨就在你心中？
沒錯！
廢話少說，快拔劍吧！
我已經拔了！
在哪裡？
在我的手上！
哈哈哈！你老糊塗了嗎？那是隻毛筆呀！
手中有刀不算刀，心中有劍才是劍。

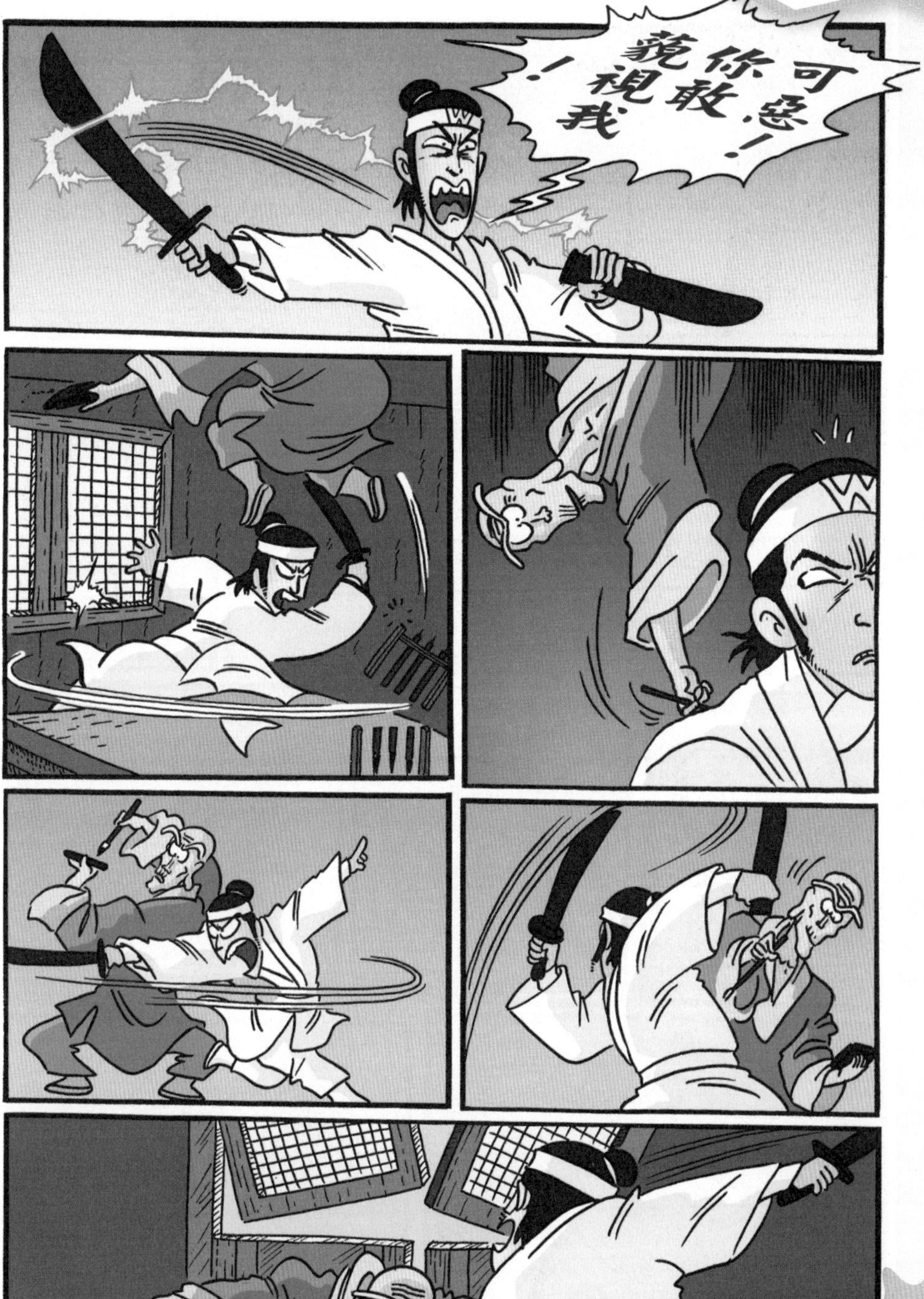
可惡！你敢藐視我！

你跑不了啦！
看刀！

唔！
哼！
納命來！

長眉，我不再跟你玩遊戲了！
呀！
呼！
喝！
噢！
歐陽世家獨門刀法正式登場……

你輸了！
哎喲！
起來吧！孩子！
啊！
你上當了！
這才是真正的歐陽世家刀法——牽手斬！

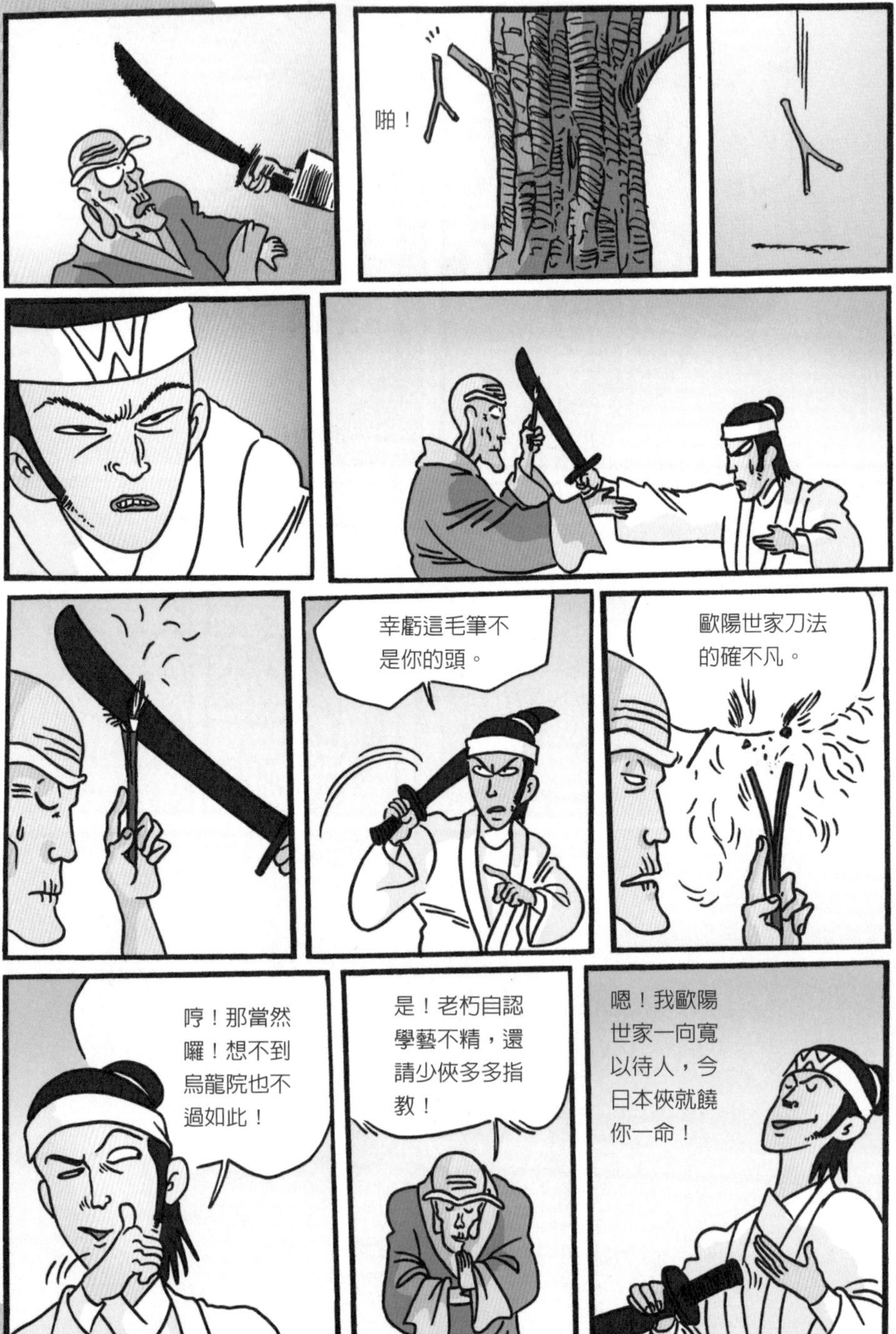
啪！
幸虧這毛筆不是你的頭。
歐陽世家刀法的確不凡。
哼！那當然囉！想不到烏龍院也不過如此！
是！老朽自認學藝不精，還請少俠多多指教！
嗯！我歐陽世家一向寬以待人，今日本俠就饒你一命！

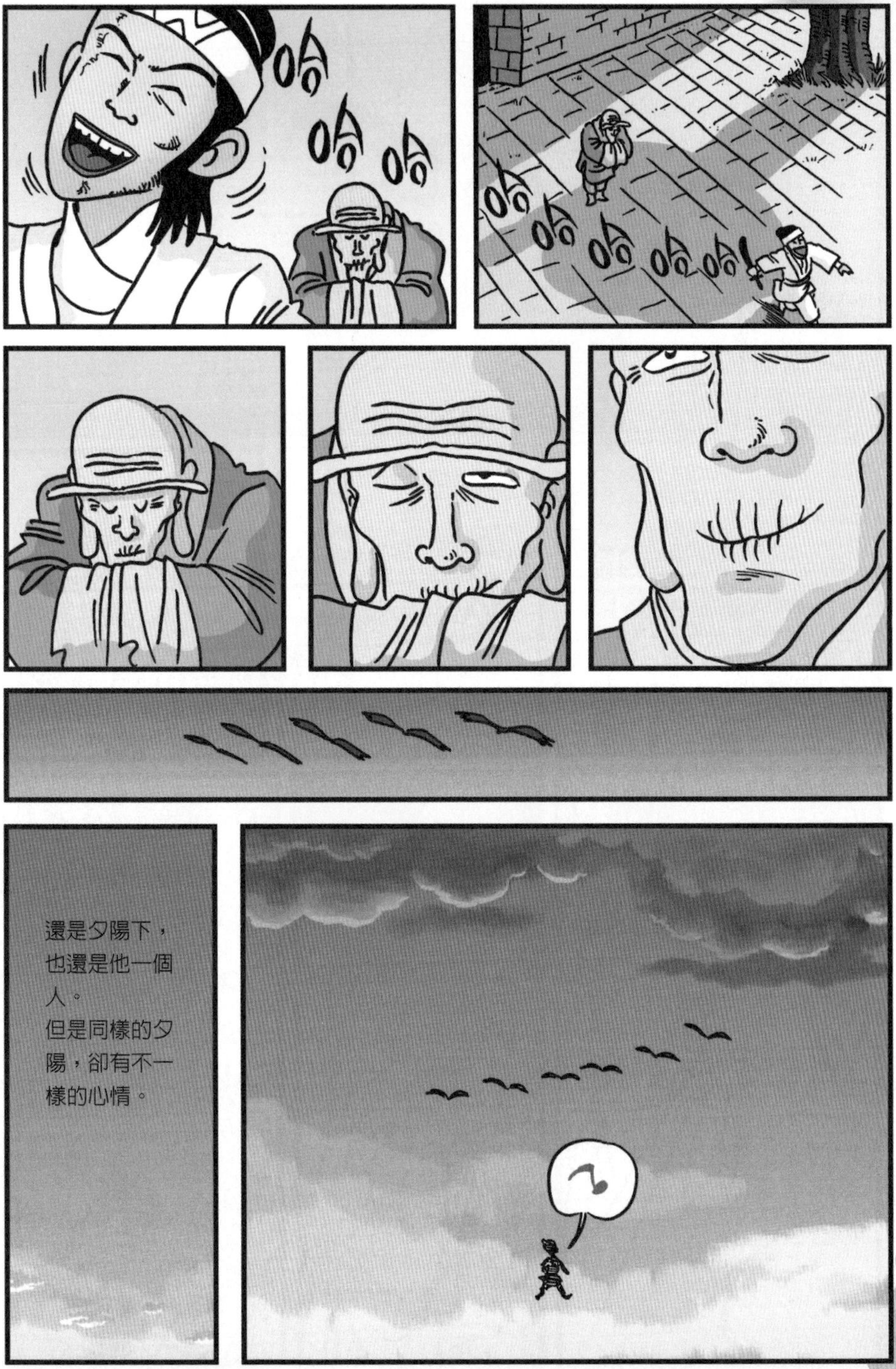
哈
哈
哈
哈
哈
哈
哈
哈
還是夕陽下，
也還是他一個
人。
但是同樣的夕
陽，卻有不一
樣的心情。
?

歐陽小白滿臉勝利的笑容，
大步邁向他的故鄉。
他父親歐陽白，正等著他凱旋歸來。
兒子！
爹爹！
爹，我贏了！
我就知道你會贏！
為什麼？
嗯！
因為歐陽世家是沒有敗將的！
但是爹以前不是輸過嗎？
我……
好小子！別以為你贏了就可以損我啦！

再說，人總有手氣不好的時候呀！
是！兒子一定牢牢記住爹的教誨！
嗯！真乖！
恭喜你今天打敗了為父的敵人！
讓咱們父子倆好好開個慶功宴吧！
爹，您先請！
不！勝利者先請！
這是什麼？
這是什麼？
什麼？

啊
歐陽老賊
你是隻
我……又……輸了～
嘿嘿嘿……

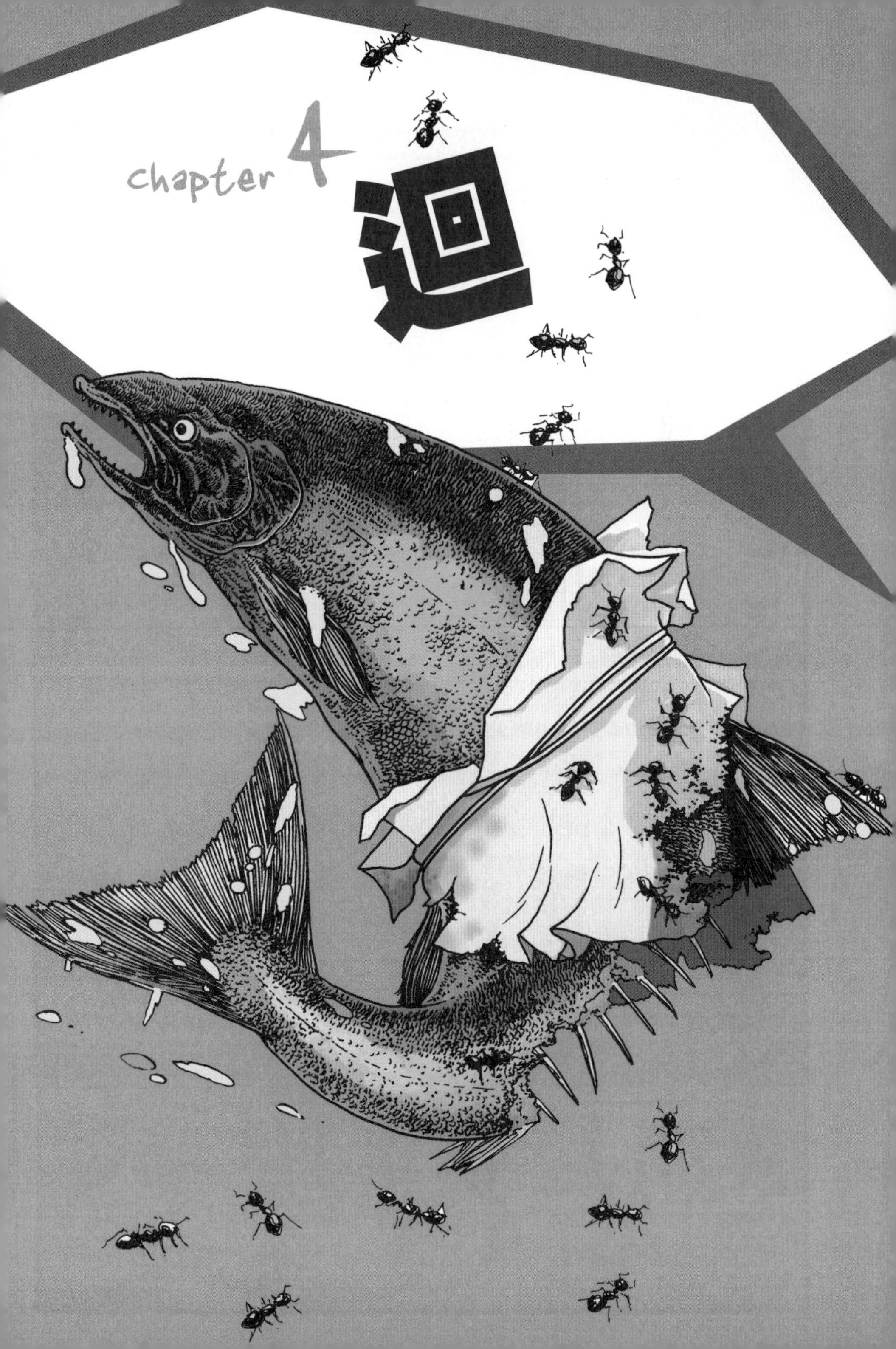
chapter 4
迴

鈴！鈴！

X
?

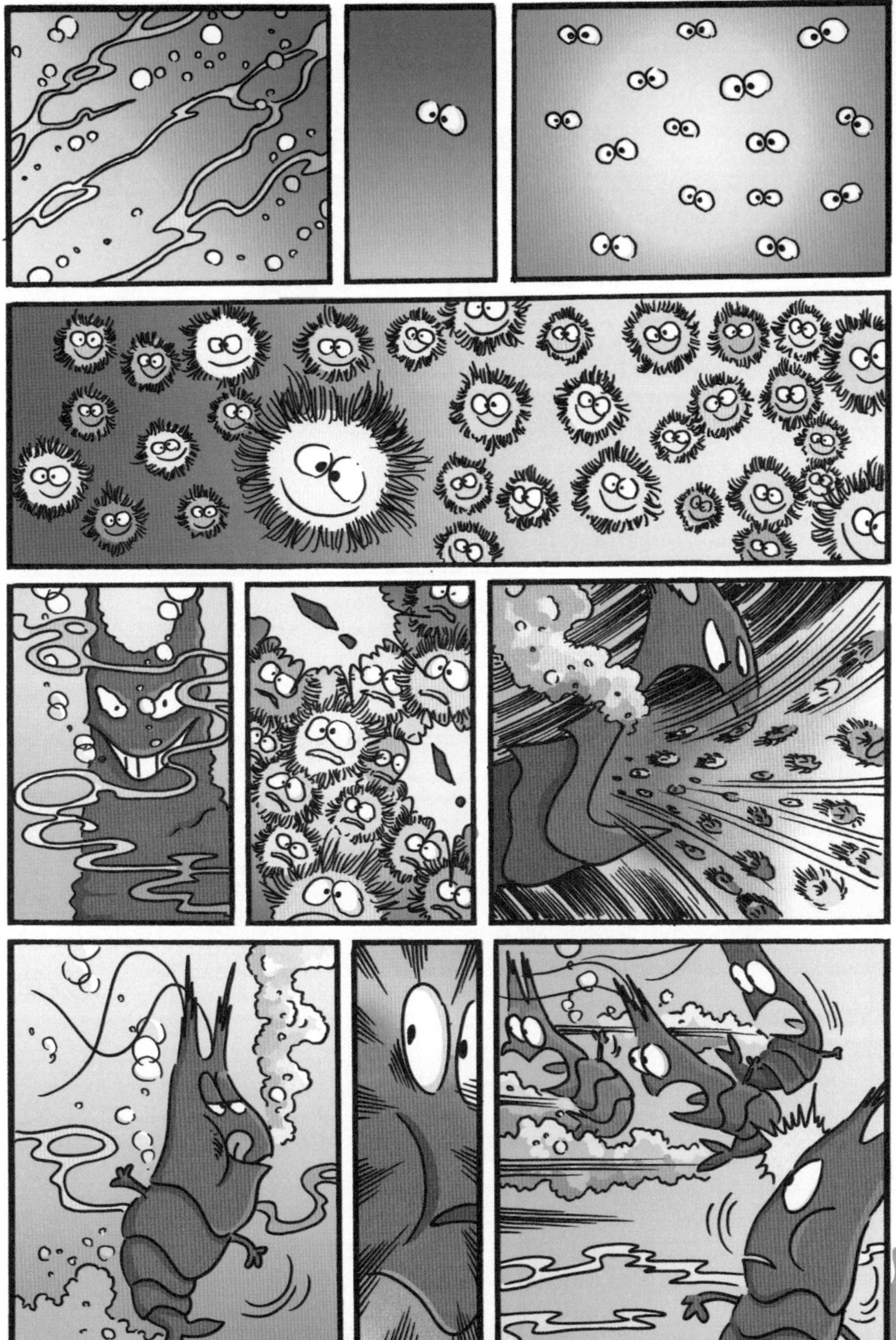

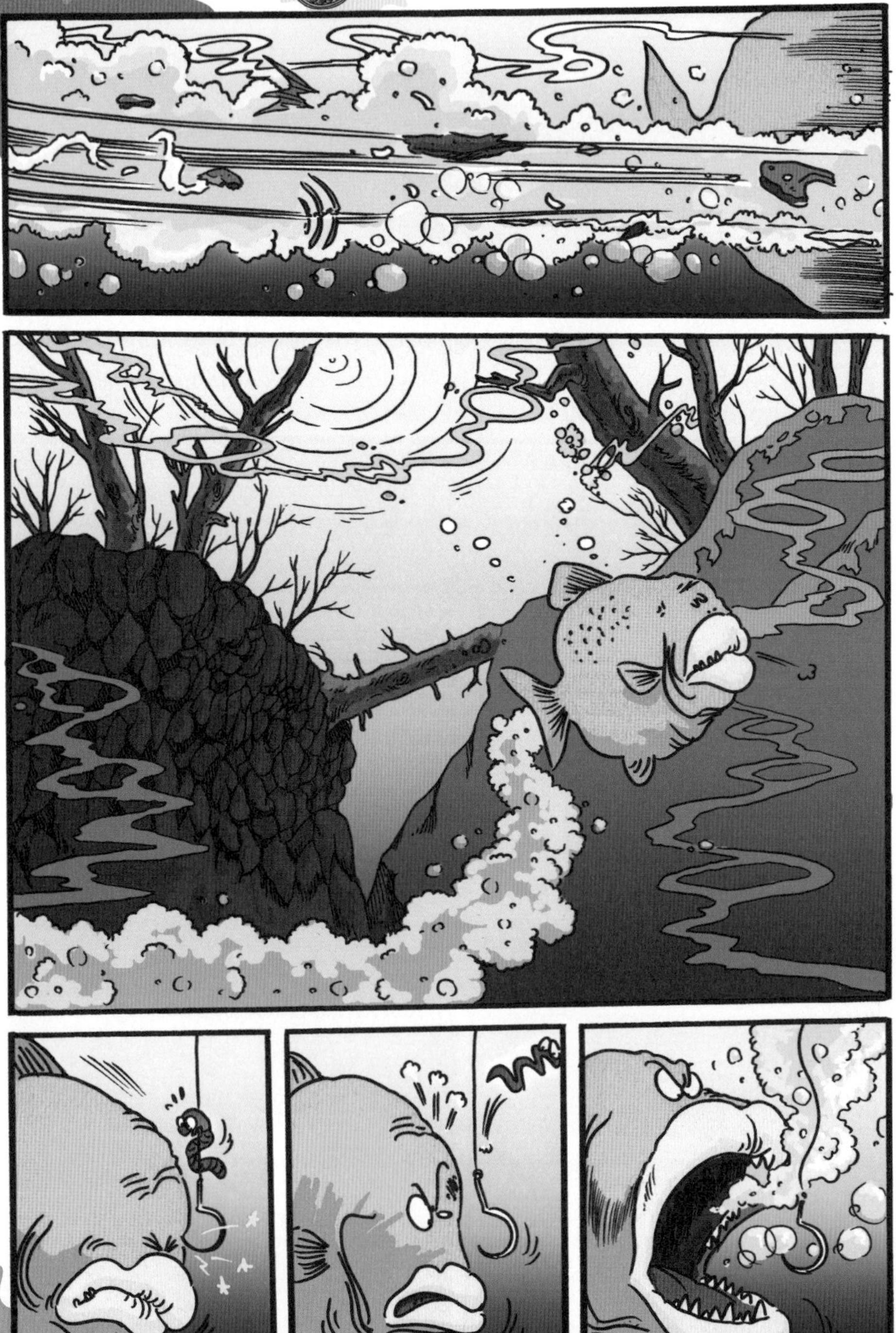

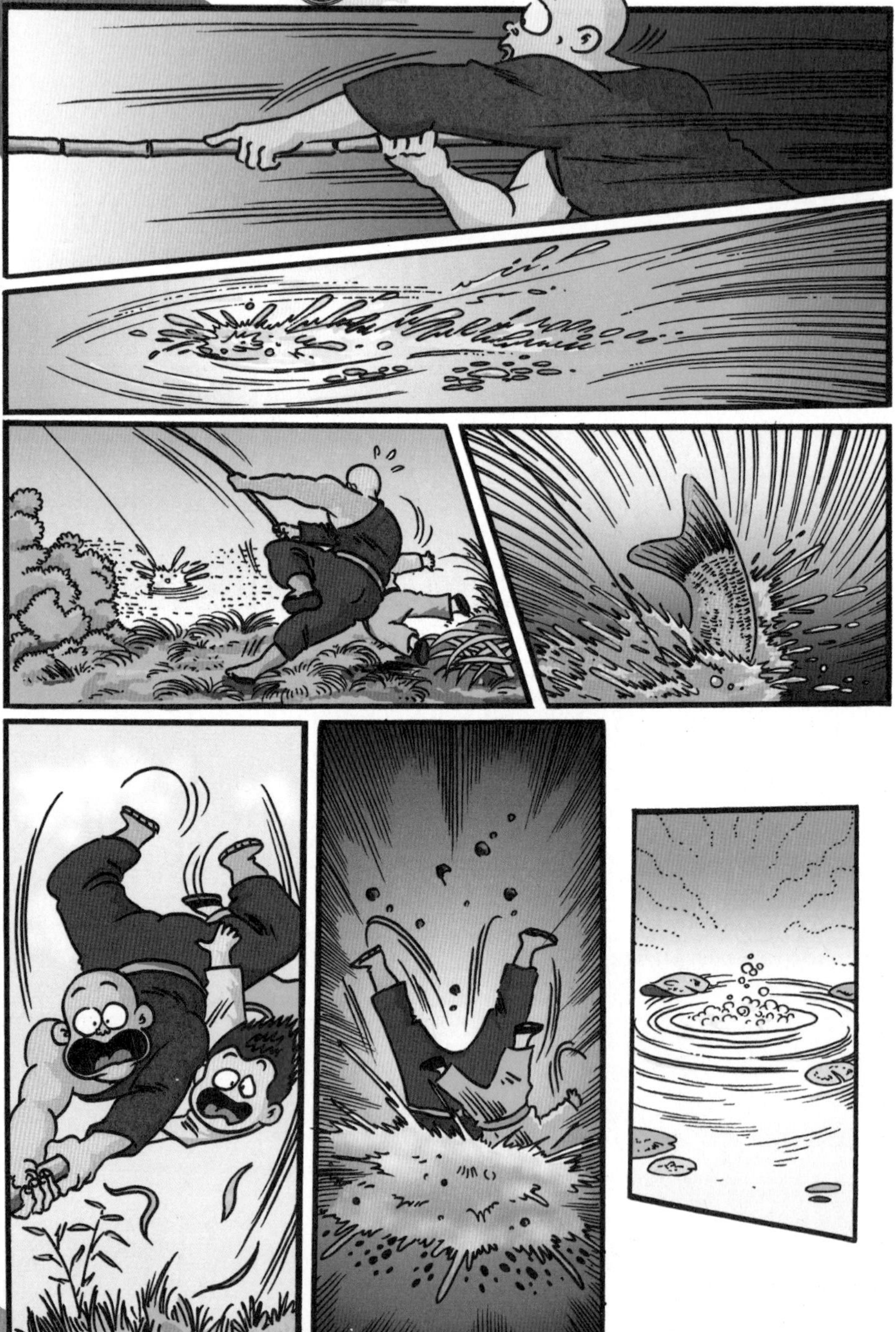

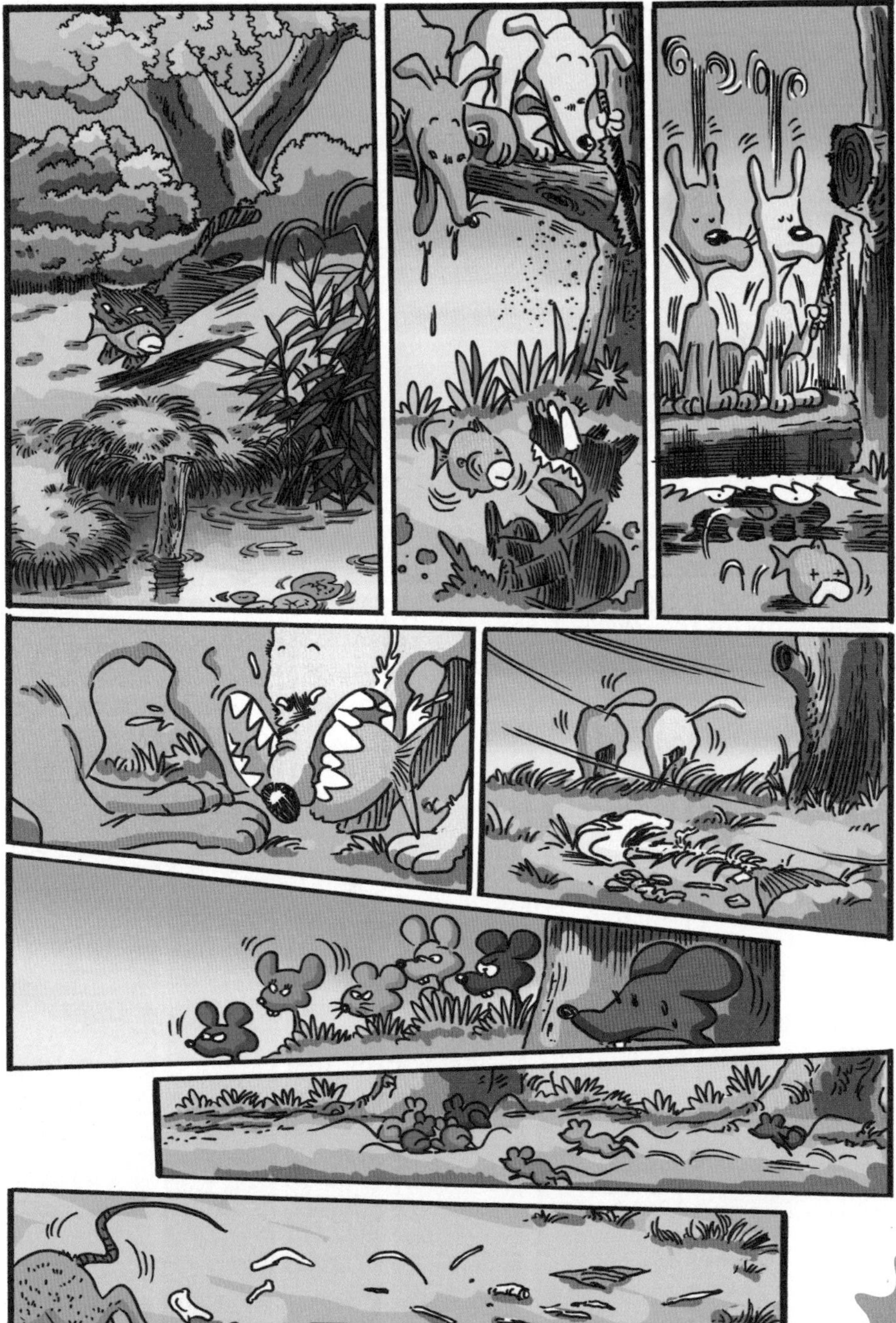

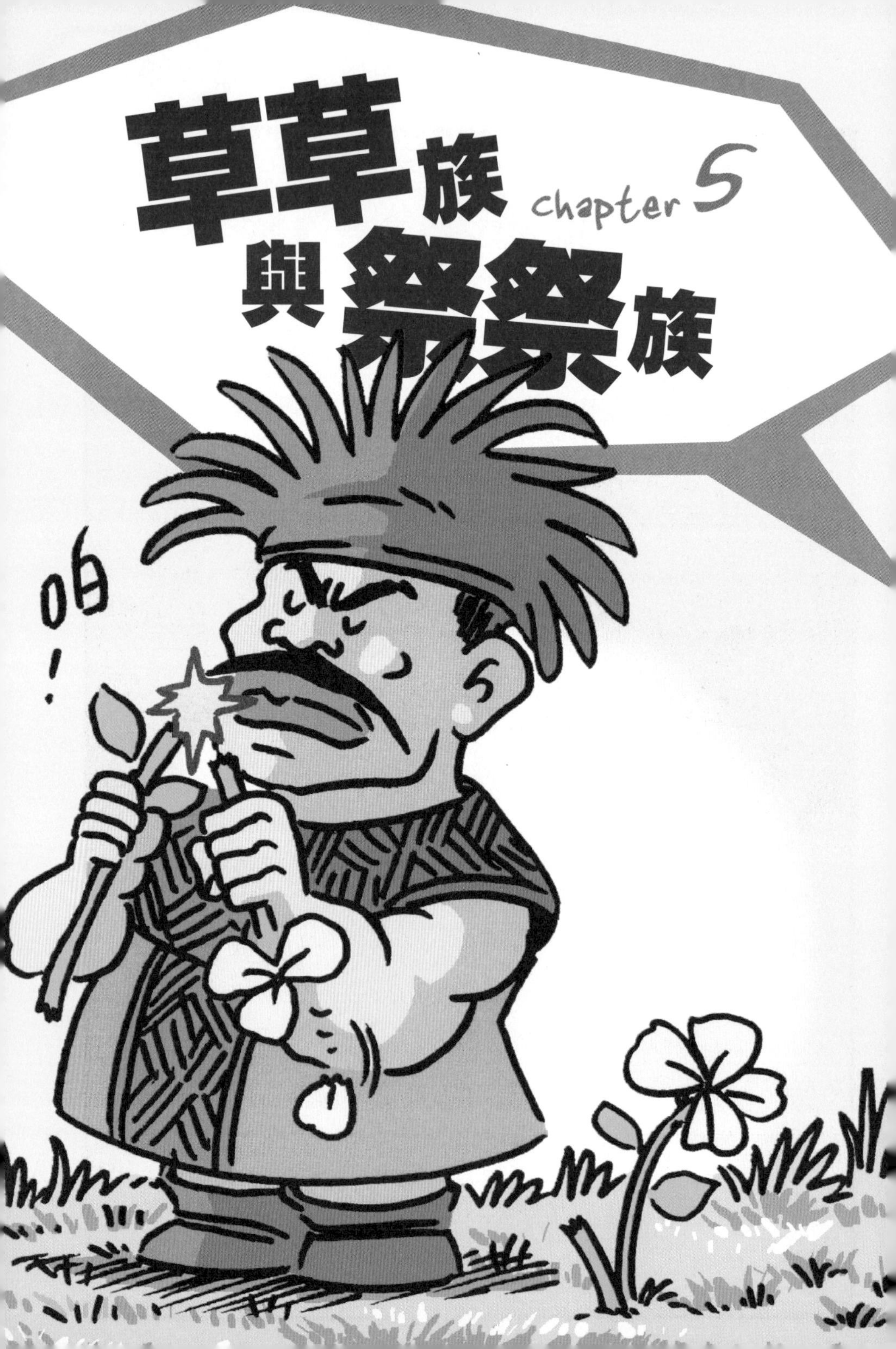
草草族與祭祭族
chapter 5
啪!

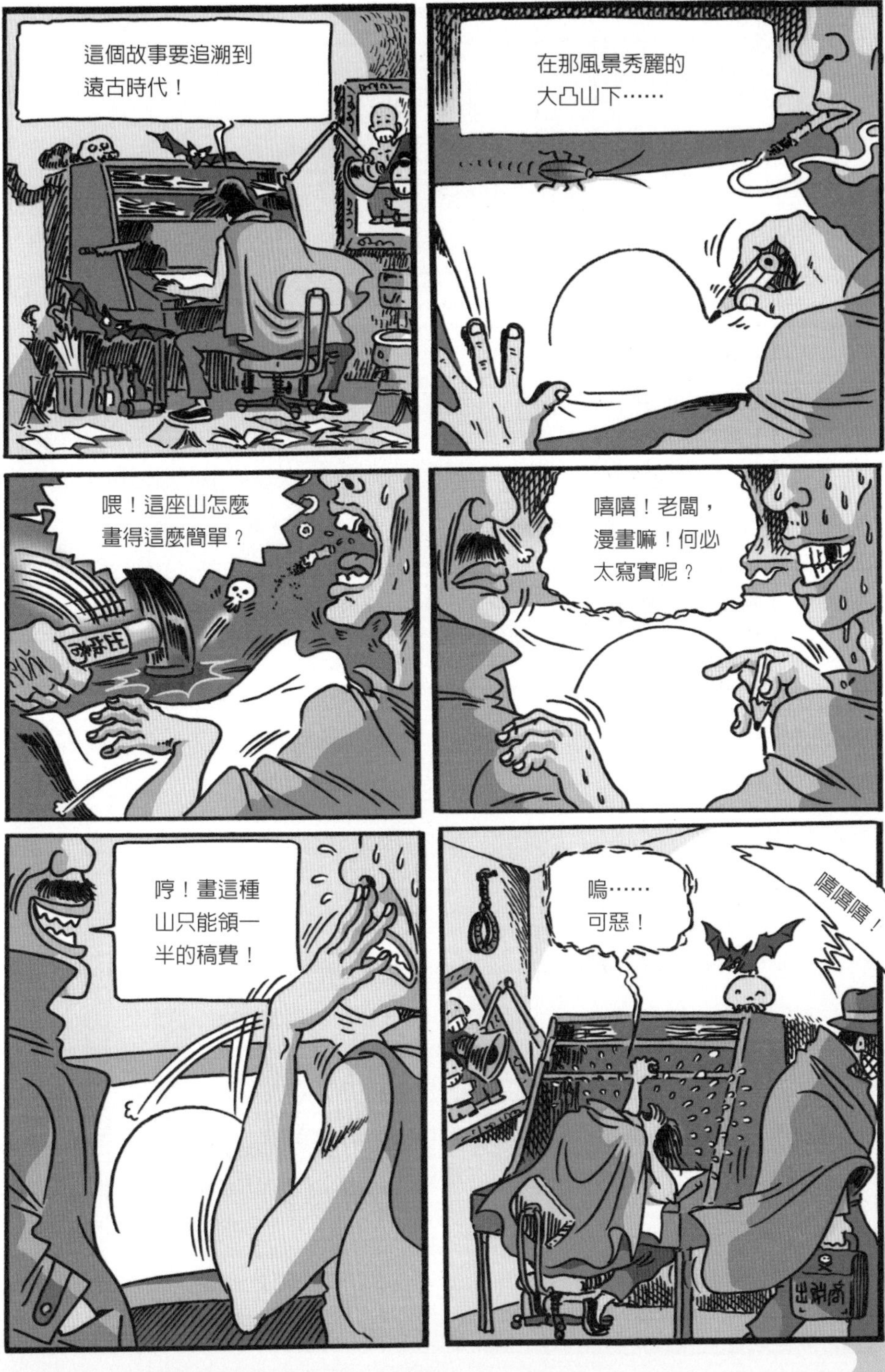
這個故事要追溯到
遠古時代！
在那風景秀麗的
大凸山下……
喂！這座山怎麼
畫得這麼簡單？
嘻嘻！老闆，
漫畫嘛！何必
太寫實呢？
哼！畫這種
山只能領一
半的稿費！
嗚……
可惡！
嘻嘻嘻！

大凸山的南邊
是一片
溫暖的
青翠草原。
這裡住著一群快樂的人們。
他們自稱草草族，
這是為了感謝上蒼……
賜給他們這片豐沃的草原。

他們的族長是……
哈囉！
是個醜男子！
喔喔！
喔喔！
看圖！
嘿嘿嘿！
喔！好醜哇！
這位就是草草族大族長。
咚
哇！好棒！
他是個勇敢的武士。

他力大無窮，臂力驚人。
長相神勇，天生威武。
然而，唯一的缺點就是——智商不太高。
點名，沒來的請舉手！
我是大凸山！
讓我們再來看看大凸山的北邊！
南
北

在這兒
生長著
一片茂
盛的椰
子林。
所以這裡
生活中的
一切都離
不開椰子。
特製的
防椰安
全帽。
咚!
咚!
哇!
喝椰子水，
吃椰子
肉，
住椰子
屋，
戴椰子帽，
穿椰子衫，
連廁所也是
用椰子
做的。

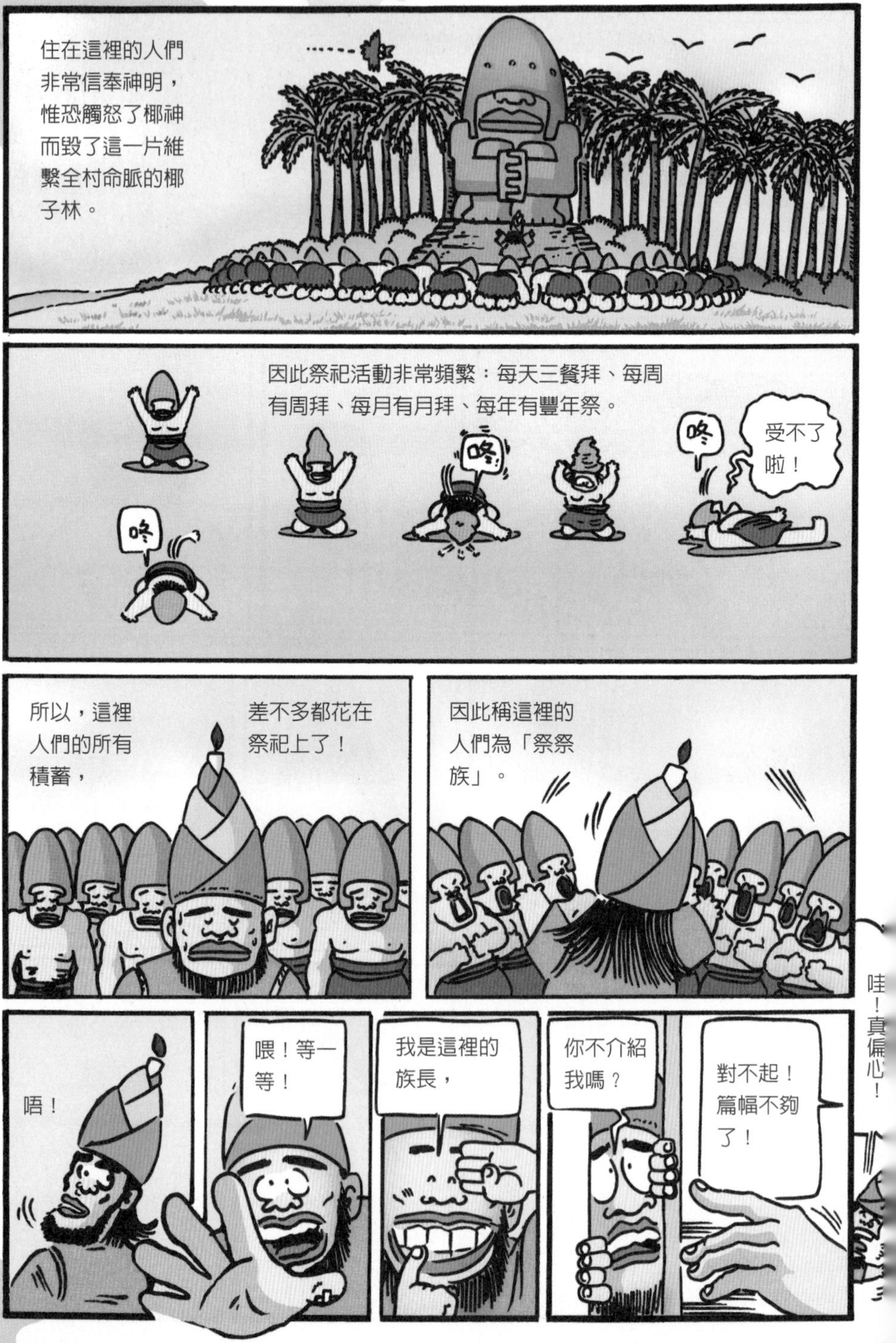
住在這裡的人們非常信奉神明，惟恐觸怒了椰神而毀了這一片維繫全村命脈的椰子林。
因此祭祀活動非常頻繁：每天三餐拜、每周有周拜、每月有月拜、每年有豐年祭。
咚！
咚！
咚！
受不了啦！
所以，這裡人們的所有積蓄，
差不多都花在祭祀上了！
因此稱這裡的人們為「祭祭族」。
唔！
喂！等一等！
我是這裡的族長，
你不介紹我嗎？
對不起！篇幅不夠了！
哇！真偏心！

兩族人民分別生活在大凸山的兩邊，
雙方和平共處，過著自給自足的日子！
草草族
祭祭族
草草族
祭祭族
但是，
有一天，
在邊界上發生了一件可怕的事情！
呱呱呱！
呱呱！
咕嚕！
祭祭族
草草族
祭祭族
拉出來啦！
啊！

糟糕！
闖下大禍了！
哎呀！不得了了！
你們趕快來看哪！
喂！你什麼意思？居然在我草草族境內幹這種勾當！
你兇什麼？
誰做的事誰負責！
這……
喂！扁嘴的，你怎麼解釋？
啊！又來一堆！
嘻嘻嘻！
將士們！出事啦！
啊！
嘿嘿！
呱！
咕！
咕！
咕！

立正！預備……
發射
咻！
咻！
咻！
草草族
祭祭族
草草族
祭祭族
正中目標區！
三比二，你多了一次！
是你們先動手的！
這是嚴重的軍事挑撥?！
難道怕你不成！
兩個人打架不好玩！
是的！戰爭片需要大場面！
草草族
快回去報告酋長！
戰爭爆發啦！

什麼？
祭祭族竟敢向我族挑戰？
是的！他們還說您的鼻孔比他們的小哪！
可惡！居然敢說出這種話！
召集軍隊進攻祭祭族！
出發！
於是草草族大軍出動了！
雙方人馬聚集在大凸山前，此時風聲鶴唳、草木皆兵。

稟族長：祭祭族人馬多於我方，
正面衝突恐怕對我方有所不利！
以老臣之見……
你有何妙計？說來聽聽！
不如先詐降，然後再裡應外合……
大膽！君子用兵，豈可使詐？有失本族風度！
咚！
族長請息怒！老臣還有一個妙計……
我想用美人計來迷惑他們的軍心！
嘻！有適當的人選嗎？
嗯。

人選當然有，只不過要暫時保密！
連我都不能知道嗎？那麼你的退休金……嘿嘿！
哼！
族長請留步！
快說！那個人選是誰？
那個人選……就是我女兒。
她就在下面！

哇！好棒的身材！
你女兒長、長得不錯嘛！
當人質太可惜了！讓她嫁給我好了！
可是……
可是……
好啦老爸，就答應這傢伙吧！
大美人！
族長！
白馬王子，您叫我嗎？
要是漂亮，早就嫁了！還輪得到這兔崽子嗎?!

哇！老爸，你看！人家又被拋棄了！
唉！真是丟臉啊！
送……送到前線去！
其實運用美人計乃用兵之下下策！
還沒死心？
背後看來實在很不錯！
運用不當會被人恥笑是吃軟飯！
嗚！只可惜……
民女倒有一條克敵的妙計！
就是使用迂迴戰術，繞到敵人後方殺他個措手不及！
嗯！好計策！就由你當先鋒吧！
謝謝你！小矮人！
眾將聽令：今晚突襲祭祭族！
他旁邊那個男的是誰啊？

就在這天夜裡，草草族的軍隊繞過了大凸山的左邊，攻打祭祭族的後方。
噓！別出聲！
呱
哇！
為什麼發出聲音？
因為你踩到我的腳啦！
討厭！都是你！
前面就是祭祭族的大本營！
嘻嘻！一定都睡了！
喂！有人在家嗎？
消滅祭祭族！

弟兄們！砍光椰子樹！
知道了！
是！
是！
於是原本茂盛的椰子林，一下子便被草草族砍得東倒西歪！
勝利！
嗯！
哎!
草草族肆掠一空後，便帶著戰利品回去了！

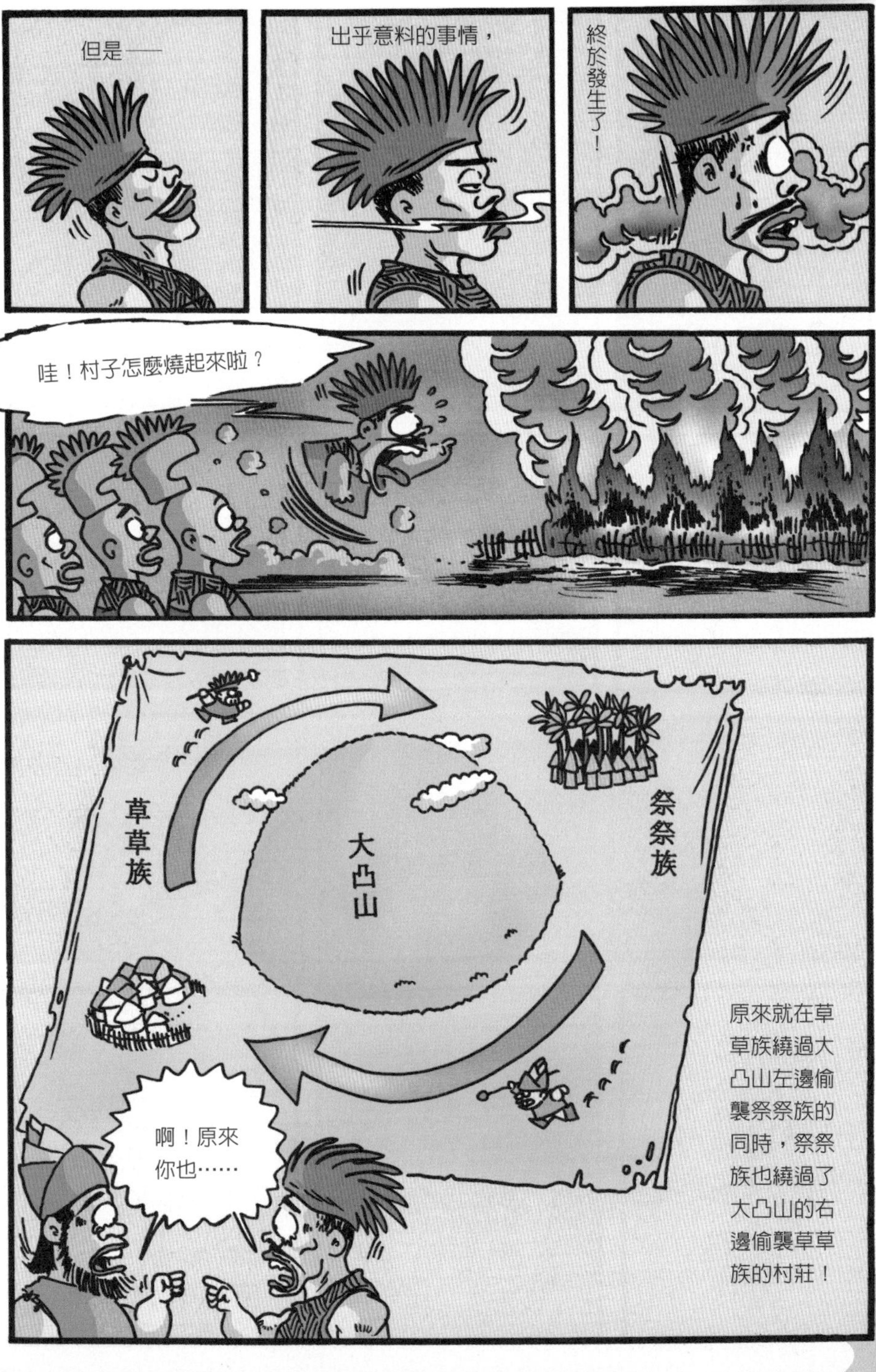
但是——
出乎意料的事情，
終於發生了！
哇！村子怎麼燒起來啦？
草草族
大凸山
祭祭族
原來就在草草族繞過大凸山左邊偷襲祭祭族的同時，祭祭族也繞過了大凸山的右邊偷襲草草族的村莊！
啊！原來你也……

這一場戰爭下來，青翠的草原被毀了！
哇
茂盛的椰子林也被砍倒了！
都是我的錯！
不！是我的不對！
朋友！和好吧！
咚！
哎！
於是大凸山南北因為這場戰爭，合併成為一個小國！
「草」字與「祭」字合為「蔡」字，取名為「蔡國」！
草
祭
這就是蔡氏的由來。
蔡
胡說八道！
作者
胡扯！

蔡老石 chapter 6
與蔡一心

當蔡國傳到第三百三十三代子孫——蔡老石的時候，
在這個小國中不知為什麼……
300
女孩的出生率愈來愈高，幾乎是男孩的三百倍。
所以這裡的男人特別稀奇。
我是男人！
哇！男人！
你當我的老公好嗎？
我……不要當男人！
呼！

於是，蔡國面臨著一個嚴重的危機，那就是……
危机
快沒男人啦！
產房
嘀嘀咕咕！
嘰嘰喳喳！
這次一定是生男的！
算了吧！你已經猜錯十四次啦！
嗚！可惡！怎麼可以潑我冷水呢？
哼！不然的話我們來打賭！
難道你一定會贏嗎？
哇！
啊！生啦！

兒子！寶貝兒子！
爸爸來啦！
啊！這
……這
是……
爸爸，妹妹生出來沒有？
恭喜你！生了第十
五個女兒！
唉！不幸的蔡國又
少了一個男人！

於是，蔡老石決定召開全國大會。
……
快餐！快餐！熱的快餐！
各位！有什麼妙計可以生男的，請提出來！
從外地進口男人！
不行！不准有混血的！
用試管嬰兒！
成功率是多少啊？
這……
就差那麼一點點！
你是族長，應該以身作則才對！
對！你先生個男孩給我們看看！
唉！
噓！
嗚！

我……
可敬的神哪！
我蔡老石以最誠摯的心，祈求您賜給我一個兒子吧！
條件
我蔡某一生以誠待人！
我處世穩重，善待百姓！
我這輩子從來沒求過人，就求您這一次！
我……
好可憐！
算了！回家吧！

就在這天晚上，蔡老石做了一個奇怪的夢……
Z
喂！蔡老石，快醒醒！
你是誰？
我是誰？你看不出來嗎？
這是我的證件。
神仙
你不是想要個兒子嗎？
是的！是的！你答應我了嗎？
嗯！
好吧！我答應你！
仔細聽著！大凸山上有一塊大石，你只要推動它，就可以得到一個男孩！

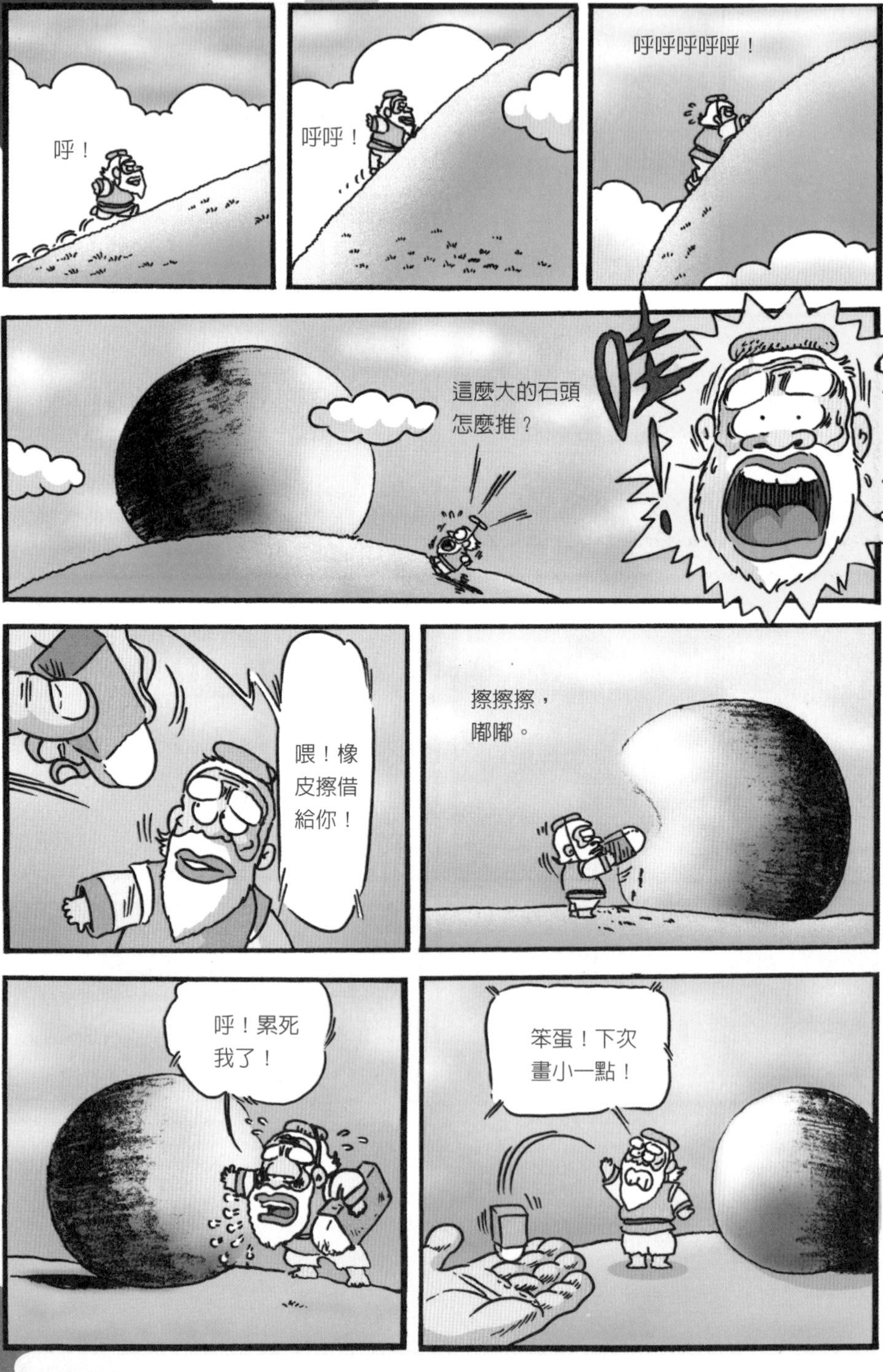
呼！
呼呼！
呼呼呼呼呼！
哇！
這麼大的石頭
怎麼推？
喂！橡
皮擦借
給你！
擦擦擦，
嘟嘟。
呼！累死
我了！
笨蛋！下次
畫小一點！

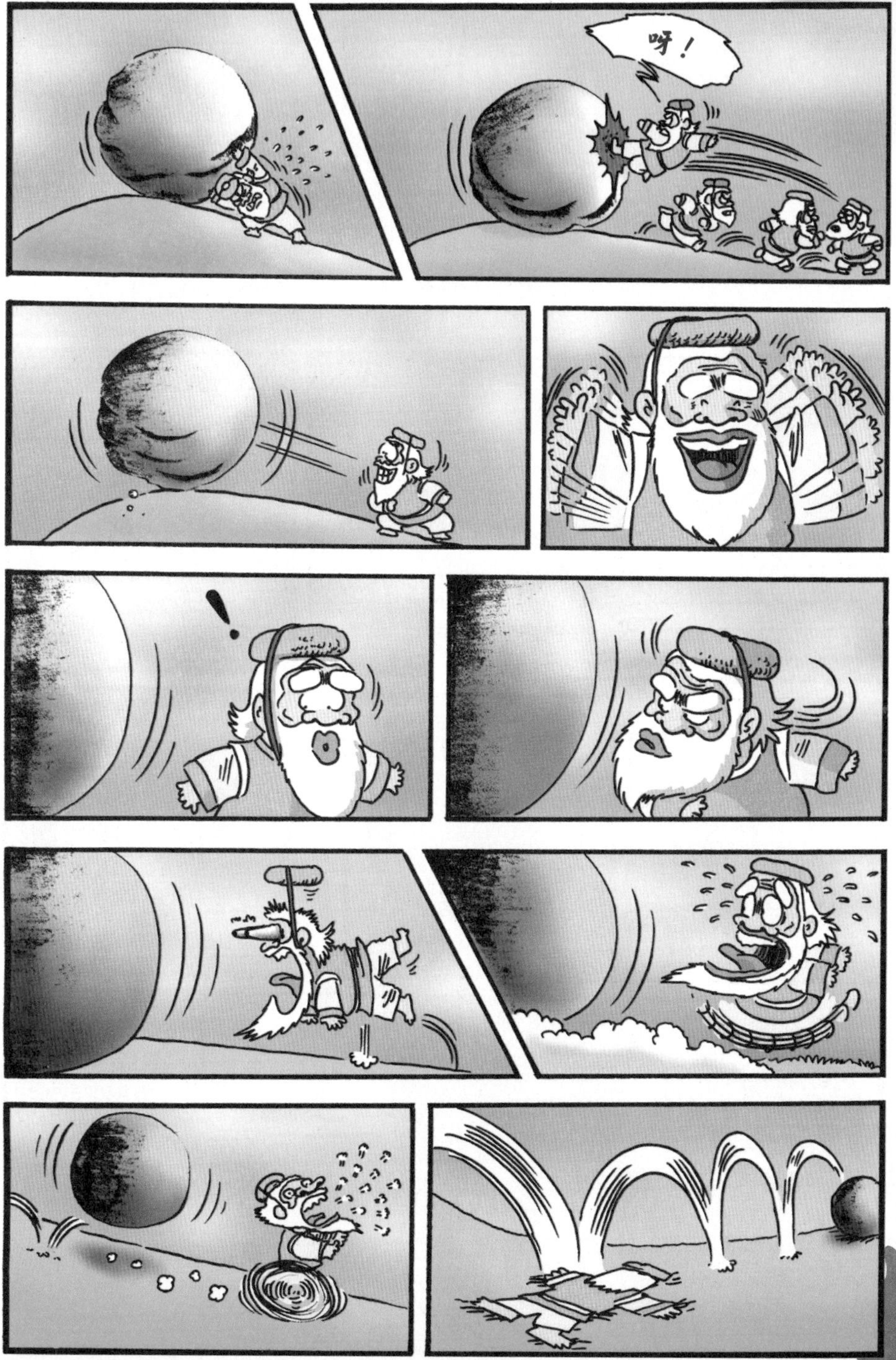
呀！
!

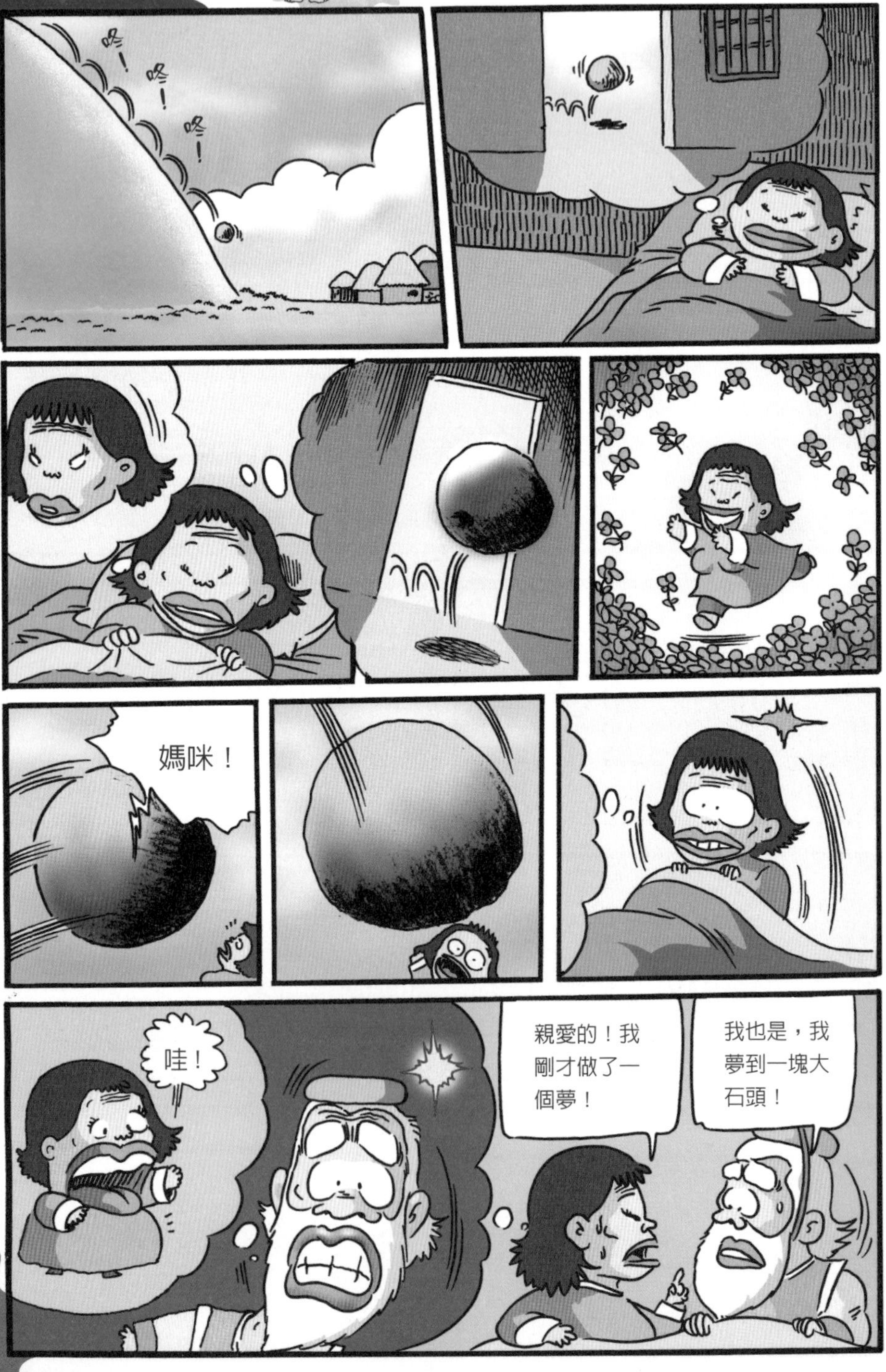
咚！
咚！
咚！
媽咪！
哇！
親愛的！我剛才做了一個夢！
我也是，我夢到一塊大石頭！

咦？這是什麼？
啊！
這是真的！我有兒子了！
咬！
哇！好痛！是真的！
呀呼！我有兒子啦！
快去告訴大家！
哼！
我有兒子啦！
嘻嘻！
嘖！哪有一夜之間就……
好重！
這種角色真不好演。
好像抬石頭一樣！
天方夜譚嗎？
什麼跟什麼呀！

產房
……
爸爸真偏心！生我們的時候一點都不緊張！
亂講！生你們的時候，你們看到了嗎？
哇！重男輕女啊！
偷看一下。
產房
不准偷看！
產房
唉！真是急死人了！
怎麼還沒有生呢？
產房

好大的肚子，從來沒看過這種尺寸。
喲！還挺調皮的！
是……是個男的！
怎麼不哭呢？
哇
啊！完了！怎麼是女孩的哭聲？
產房
啊！你……
是我在哭哪！
恭喜！他…是個壯…壯丁。
就這樣……蔡國誕生了惟一的一個男嬰！
這只是漫畫。

哇！好可愛的小男生！
應該取什麼名字呢？
阿花！不！阿珠！
那是女人的名字！
阿貓！
阿狗！
養動物嗎？
好了！不要吵！
我寶貝兒子的名字豈是你們能取的？
喲！生個男孩就神氣起來了！
快去請最有學問的蔡夫子來！

命名學
嗯！這種大耳朵的動物，應該稱為……
老鼠！
哈哈哈！
噗！
這種臭臭的氣應該叫做……
屁！
啊！有學問！

蔡夫子！
蔡夫子！
蔡夫子！
蔡老石生了男孩，請您去起個名哪！
慢點！慢點啊！我有心臟病哪！
孩子們！那種自以為很有學問的動物叫做「人」！
您辛苦啦！
請為這蔡國的香火取個名字吧！

讓……讓我休
息一下吧！
快啦！趁著這黃
道吉日快寫吧！
!
姓什
麼？
當然是姓
蔡啦！
是你兒子
嗎？
蔡
廢話！你想找麻煩啊？
好！別……
嚇我！我有
心臟病！
蔡
姓蔡……找個好
寫一點的字……
「一」吧！
蔡一

痛！
心……
蔡一
心……
心……
你是說「心」嗎？
啊！我……的心……
蔡一心……嗯！好名字！
蔡一心
蔡一心，多棒的名字呀！
蔡一心
哈哈哈！
有了小的，忘了老的！
哼！真沒良心！

個子長得
這麼快！
衣服一下子就
穿不下了！怎
麼辦？
爸爸，我要
新衣服！
好乖！好乖！
爸拿給你。
我的舊內
褲！
爸爸，這
衣服怎麼
臭臭的？
嘻嘻！

蔡老石老來得子，自是欣喜若狂，倍加呵護，整天讓他大吃大喝！
因此蔡一心從小就力大如牛！
啊！對不起！原來是照片拿反了！
嘿！這一次是真的哦！
但是……
爸！又漏氣了！
原來蔡老石在吹牛！

爸爸，我要出去玩。
寶貝乖！
外頭不好玩！會弄得全身髒兮兮的！
來！爸爸當馬給你騎。
呀！
啊！
跑呀！快跑呀！
向前衝喲！
你真是一匹老馬！
你……還是……出……出去……玩吧！
爸爸，再見！

兩隻老虎，
兩隻老虎……
各位姐姐好！
啊！

# chapter 7 驚獅堂

蔡國榮景再現
一心出生後，
風光了好一陣子。
可是好景不長，
由於時代的變遷，
大多數的年輕人都
到別處去工作了，
只剩一些老弱婦孺
留在故鄉，
觀光墓園
一些人家乾脆
將土地賣給了
商人當墓地。
$

蔡一心每天每夜在耳濡目染下……
……
哇！啊！不孝子你竟然……
爸爸，我是學外頭那些人的！
這樣下去怎麼得了！
搬家！

於是蔡老石帶著蔡一心搬離了住了幾百年的祖宅。
搬到了一處屠宰場的旁邊！
這樣應該不會有問題了！
你是他老爸嗎？
是呀！
好好管管他吧！
叫他別虐待動物！

於是蔡老石再次
搬家！
……
這一次是搬到……
爸爸！
快回家
吃晚飯
啦！
好啦！
好啦！
馬上就
來了！
香院

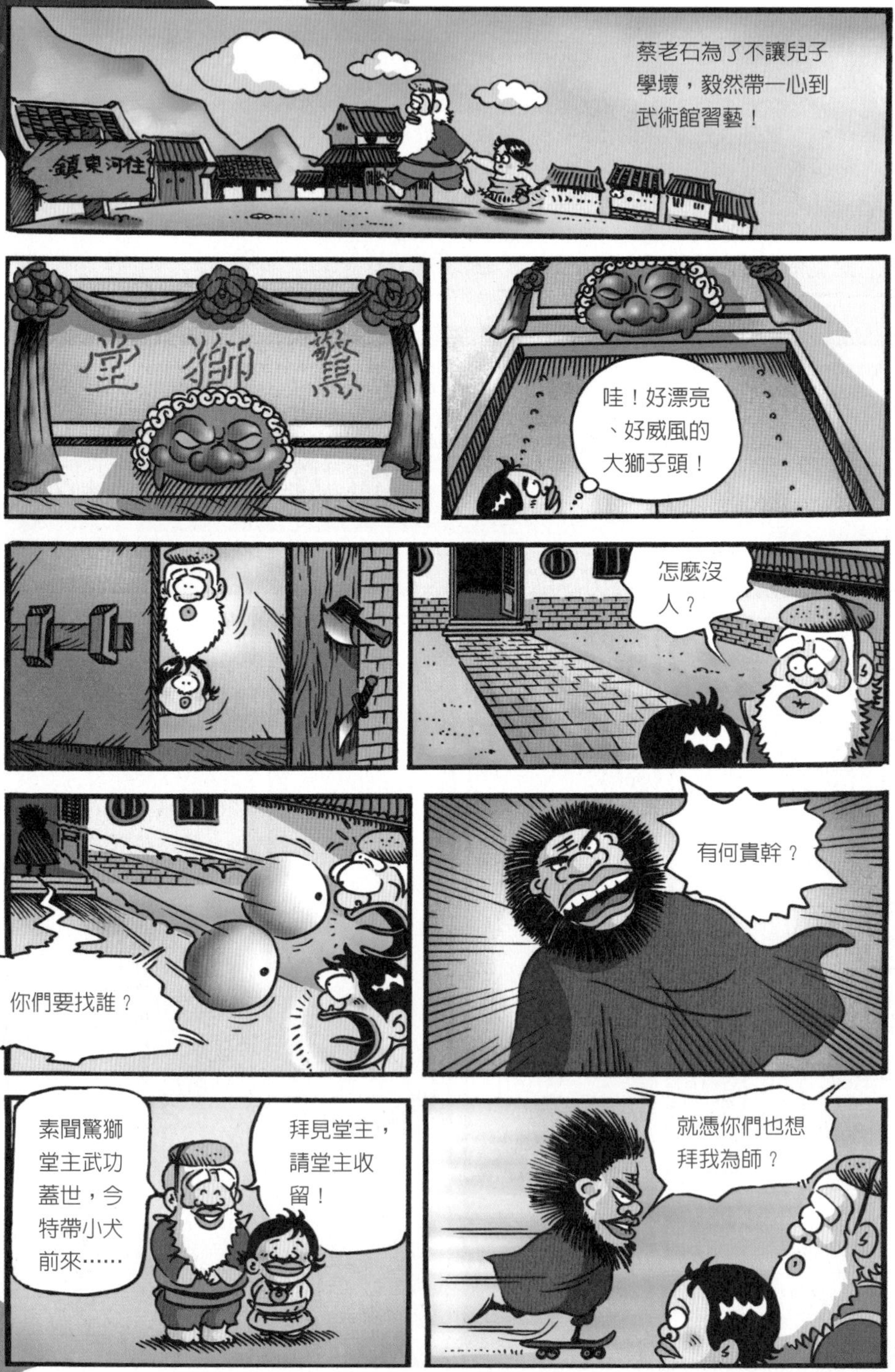
往河東鎮
蔡老石為了不讓兒子學壞，毅然帶一心到武術館習藝！
驚獅堂
哇！好漂亮、好威風的大獅子頭！
怎麼沒人？
你們要找誰？
有何貴幹？
素聞驚獅堂主武功蓋世，今特帶小犬前來……
拜見堂主，請堂主收留！
就憑你們也想拜我為師？

除非有一樣功夫勝過我！
這……
有了！
爸爸告訴你……
喂！咱們來比鼻孔。
比鼻孔？
哈哈！這小子自不量力，竟要跟我比鼻孔大小？
好吧！答應你。
看著！這是十根筷子！
加五根！
十五根！
二十根！
如何？認輸了吧！
小意思！
香蕉！
菠蘿！
西瓜！
好！我收你為徒！

蔡一心告別父親，留在驚獅堂！
他是我的兒子，也是你的師兄！
他名叫蔡旦！
以後你們要好好相處！
來！握個手！
你好！
痛！
我不是故意的。
從此，蔡一心就在蔡獅的門下學武藝！
某日，師徒一起進餐時……
嘿！

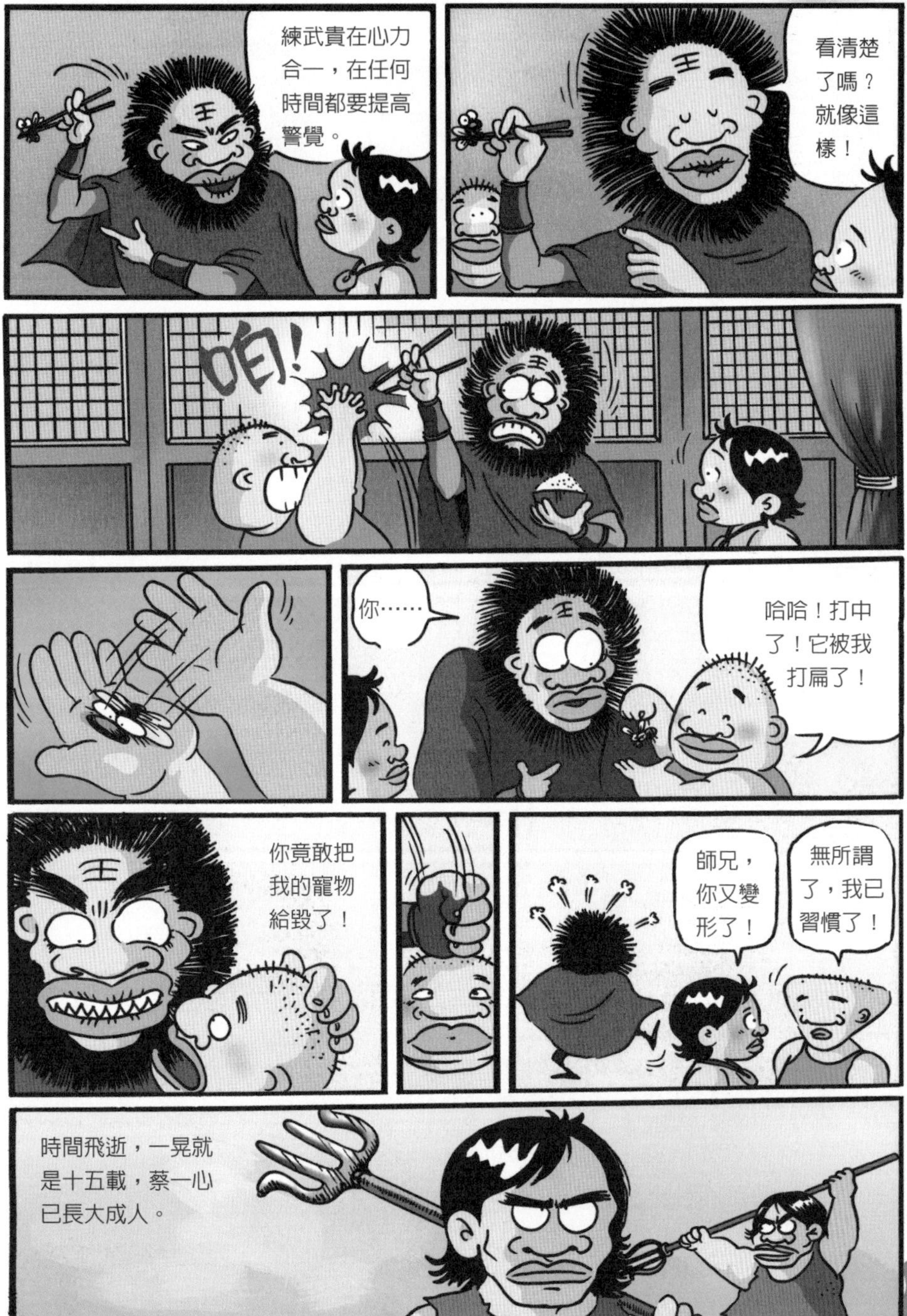
練武貴在心力合一，在任何時間都要提高警覺。
看清楚了嗎？就像這樣！
你……
哈哈！打中了！它被我打扁了！
你竟敢把我的寵物給毀了！
師兄，你又變形了！
無所謂了，我已習慣了！
時間飛逝，一晃就是十五載，蔡一心已長大成人。

一心，今天為師要教你一招絕學！
這招是我蔡獅闖蕩江湖幾十年的金字招牌，叫做獅子吼！
首先將馬步紮穩，然後將真氣運入丹田。
吼
嘿嘿！知道厲害了吧？
師父，我來試試！
吼
喔喔！對…對不起！
天……天才！

徒弟，你真是青出於藍！
你學成可以下山闖蕩江湖了！
為師送你這個獅盔當做禮物吧！
……
再送你這件盔甲！
蔡
另外拿著這封介紹函到石頭城拜訪章大人！
話說蔡一心離開了驚獅堂，前往石頭城投靠章大人……
蔡

夜已深沉，萬籟俱寂，大地沉睡著。
就在蔡一心投宿客棧的隔壁房間裡……
住著一名刺客……
他徹夜未眠……
磨著他那把鋒利的尖刀。
嘿嘿！石頭城章大人一條命值千兩銀子。
白花花的銀子就要到手，真是愈想愈興奮。
刮個鬍子吧！
沙
沙
沙
沙
沙
喂！隔壁的，叫你家的狗抓跳蚤小聲點！

啊
唔！可惡！隔壁這傢伙竟敢藐視殺手！
等我把刀磨利了，
再過去把他一刀了斷。
沙沙沙沙
沙沙沙沙沙沙沙
不要吵！

我要去把他劈了！
不！刀子尚未磨利，出手會有危險。
繼續磨吧！
沙沙沙沙沙沙
沙沙沙沙沙沙沙沙沙沙沙
終於磨利啦！
看我的獅子吼！
我真是可憐哪！嗚！繼續磨吧！

喀嚓！
嚼嚼嚼……
再見！

咕嚕！
咕嚕是……
肚子餓囉！
可是這種地方，
哪裡有東西吃呢？
對！動物吃的一定沒有毒！
給我吃一個好嗎？
好嚴肅的臉！
三顆大蒜跟你換你一顆果子！
謝謝！
一換三，划得來！

吃！
嘻嘻！
唧唧！
唔？
哇！
好辣！
嗚！肚子
好痛！
唔！
嗚！
噗！
噗！
噗!

哈啾!
!

# 蔡捕頭立大功 chapter 8

縣府

哦！你是驚獅堂蔡獅介紹來的？
哼！自己都混不下去了還收徒弟！
喂！姓章的！你到底答不答應？
好吧！我答應就是！
哎唷！
蔡一心，你會什麼功夫呀？露兩招來瞧瞧！
我一次可以吃三十顆大蒜！
哼！這有什麼了不起！
吼
好……別吼了，你就留下當捕頭吧！
謝謝大人！

一天……
章大人陪夫人前往烏龍院進香，由新上任的蔡捕頭護駕。
追！
挖
挖
挖
挖
挖
挖
挖
挖
挖
挖
挖
挖
挖
挖
挖
挖
哎呀！

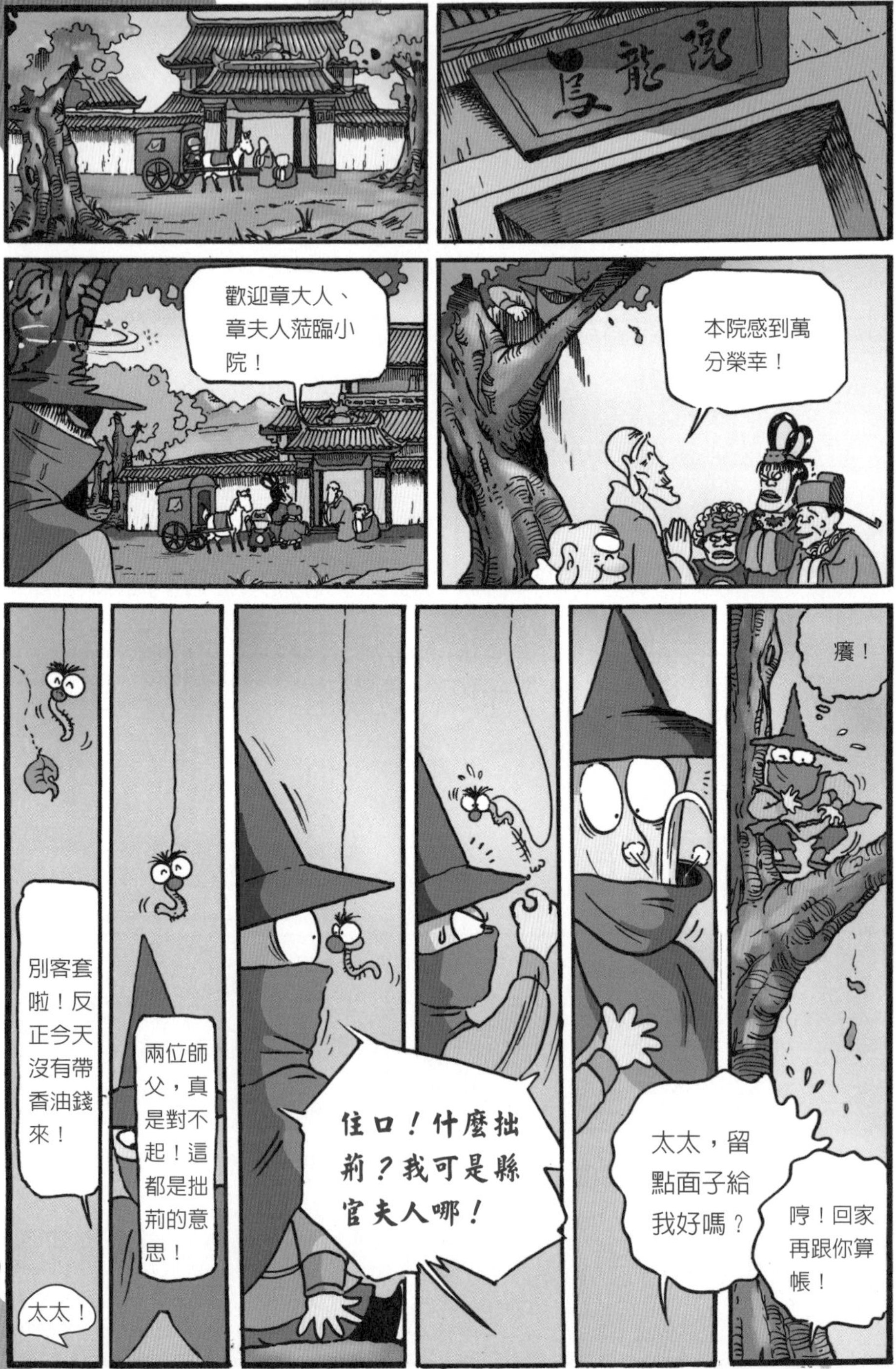
烏龍院
歡迎章大人、章夫人蒞臨小院！
本院感到萬分榮幸！
別客套啦！反正今天沒有帶香油錢來！
太太！
兩位師父，真是對不起！這都是拙荊的意思！
住口！什麼拙荊？我可是縣官夫人哪！
癢！
太太，留點面子給我好嗎？
哼！回家再跟你算帳！

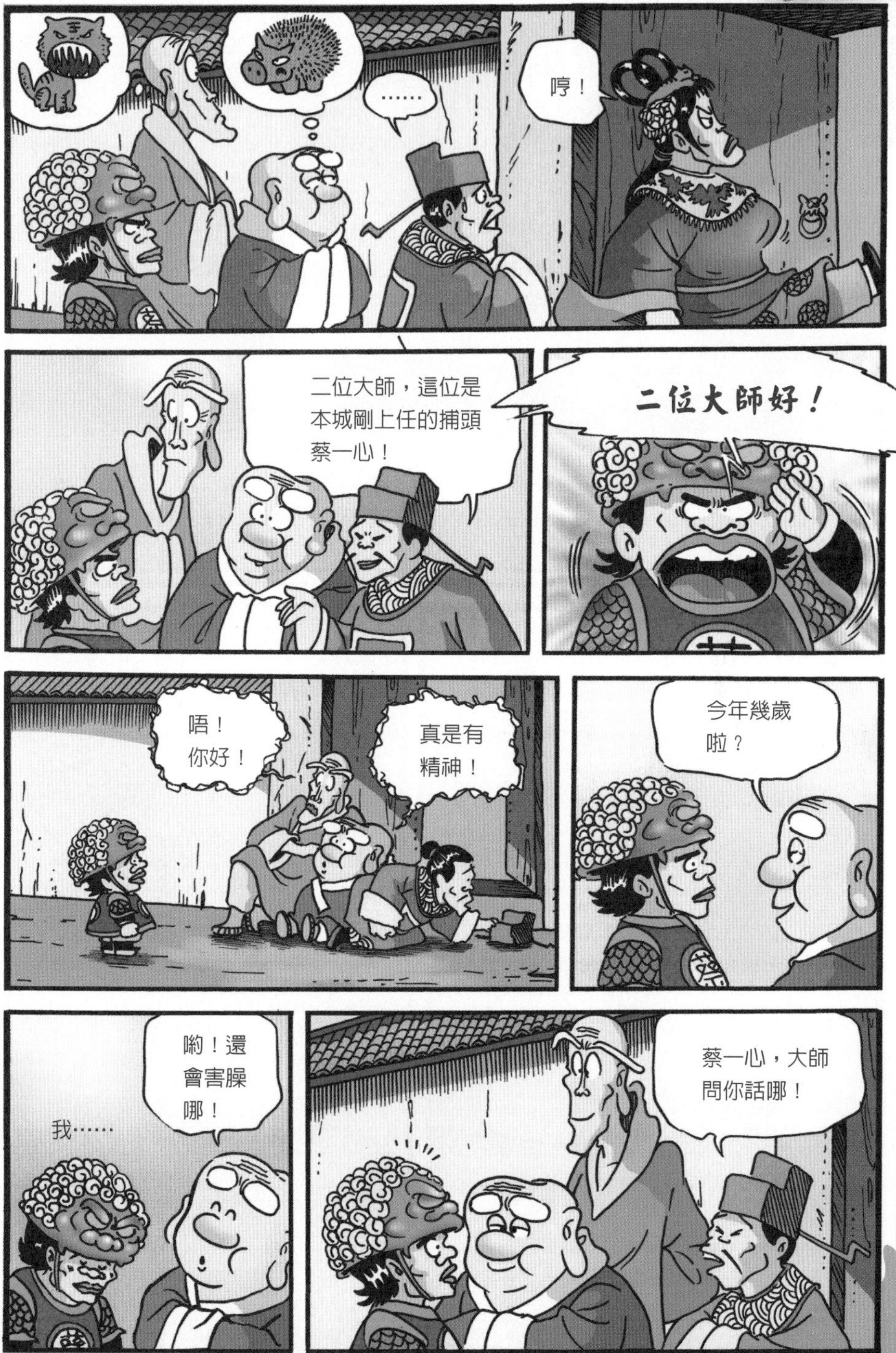
……
哼！
二位大師，這位是本城剛上任的捕頭蔡一心！
二位大師好！
唔！你好！
真是有精神！
今年幾歲啦？
喲！還會害臊哪！
我……
蔡一心，大師問你話哪！

小生今年十八歲！
看起來像三十八歲！
裡面請！
!38
啊！那不是踩到我的「那個」的那個人嗎？
嘿！原來是你們兩個！
喲！原來你是捕頭啊！
好神氣喔！
請多多指教！

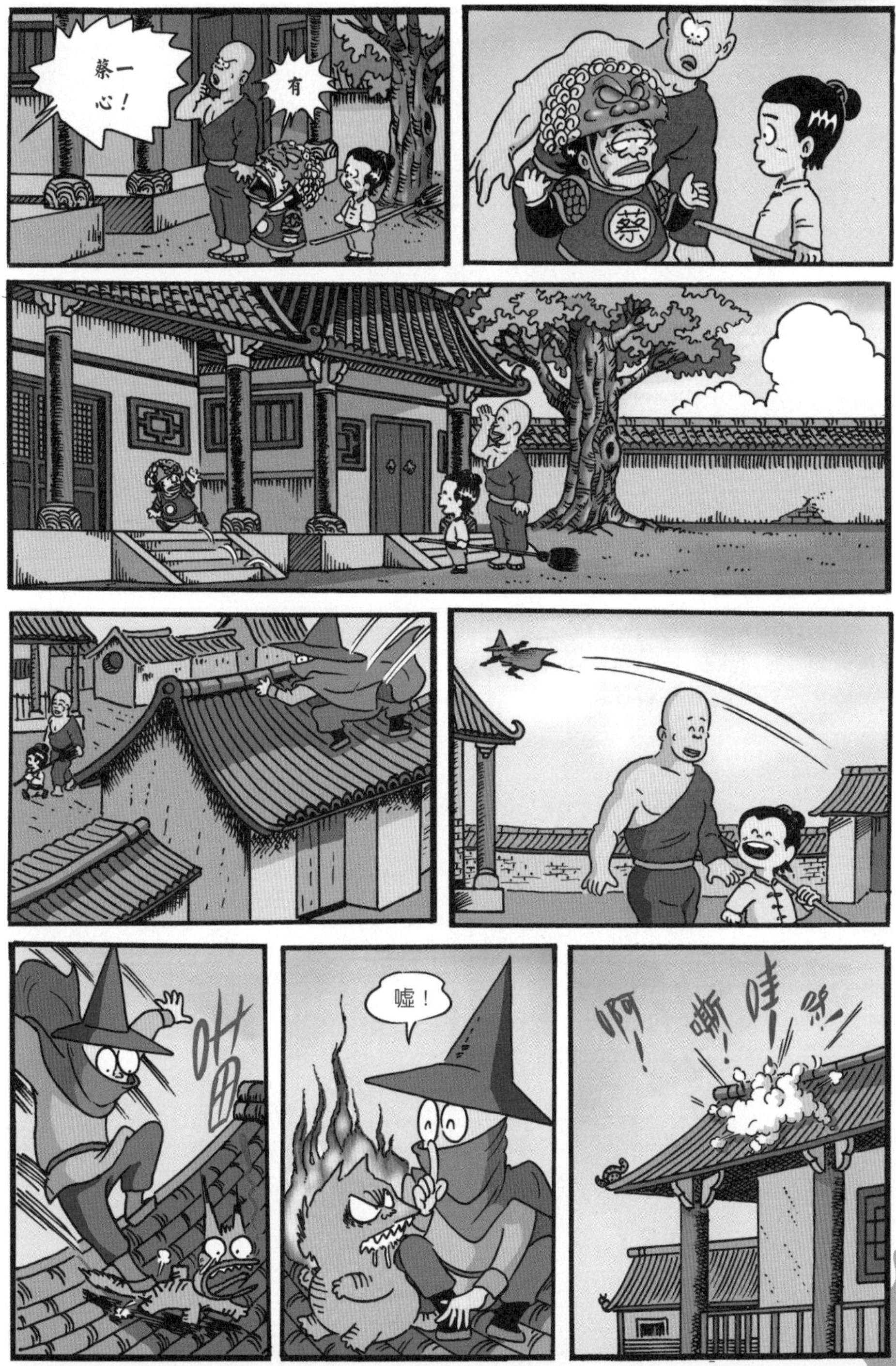
蔡一心！
有
噓！
啊！
嘶！
哇！

！
大白天的
你吃什麼
豆腐啊？
？？？
沒有！
冤枉！
冤枉啊！
哇！好硬的
屁股！

救命！
痛啊！
碰！碰！
真倒霉！
好傢伙！剛才是屁股，
現在你又……
沒有啊！我對天發誓！
我的媽咪喲！
真是無敵女金剛！

躲在這裡沒人會發現的！
嘿嘿！
待會兒見……
二位請上座。
夫人請坐！
哼！這椅子怎麼這麼髒？
你起來！我要坐那兒！
……

怎麼又是她？
哎喲！糟糕！
早上吃的炸地瓜，還真難消化……
唔！
啊！
噗

你是捕頭嗎？
什麼事？我就是蔡捕頭！
拜託！拜託！我求求你！我是刺客，請把我捉起來！
刺客是什麼？
這種刀也能刺嗎？
這個人是誰？
他自稱是刺客。
哇！蔡捕頭捉到刺客啦！
於是剛上任的蔡捕頭，無意間立下了大功，從此聲名大噪，石頭城方圓五百里無人不知、無人不曉這位年紀才十八歲的獅頭大捕快！
蔡
石頭城

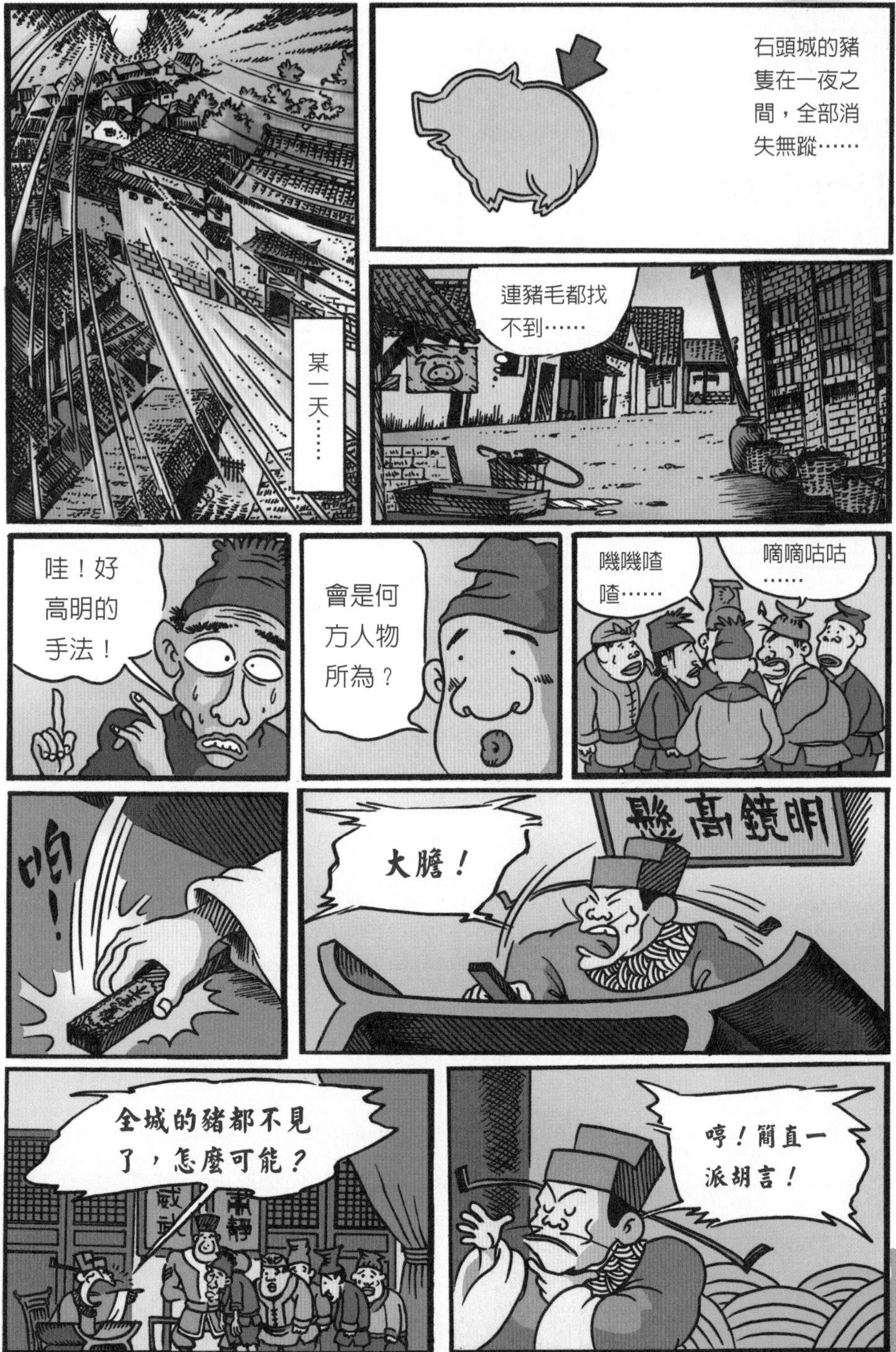
某一天……
石頭城的豬隻在一夜之間，全部消失無蹤……
連豬毛都找不到……
哇！好高明的手法！
會是何方人物所為？
嘰嘰喳喳……
嘀嘀咕咕……
啪！
明鏡高懸
大膽！
全城的豬都不見了，怎麼可能？
肅靜
威武
哼！簡直一派胡言！

哼！再探！
阿章！
我的寶貝豬不見啦！
豬……真的……不……不見了嗎？
是！我……我馬上就去找！
嗚……我的豬啊！
笑什麼？快去把豬找回來！
找不回來的話我唯你是問！
蔡

太太、太太……這裡可是公堂啊！
我管你什麼公堂方糖！
告訴你，要是我的寶貝豬有個三長兩短……
我就跟你沒完！
還不給我滾！
遵命！太太！
是女人還是老虎？
哼！

對了！我有三條線索可以破案！
第一：這個人一定是個賊！
對！
第二：他一定是吃葷的！
第三……這第三嘛……
等我想起來時再告訴你們！
可是我們要用什麼方法來捉賊呢？
有了！咱們扮成豬先引誘他出來！
你們三個哪個比較像豬？
我們一致認為蔡捕頭最像豬！
嗯！我怎麼從來沒發現我還有這個優點！
好吧！那我就義不容辭！
快將豬皮裝拿來！

按照計劃進行！
還真像！
大概是屬豬的吧！
喵嗚！喵嗚！喵嗚！官兵捉強盜！
蔡捕頭，您搞錯了！豬叫的聲音應該是──
噢咿！噢咿！噢咿！
哇！野豬三重唱！
怎麼又變成兔子了！
他又搞錯了！
真菜！
出發！

噗咿！
噗咿！
那是什麼怪物啊？
嘿！找到了可疑的線索！
嘻嘻！對不起了！那是我剛才拉的……
啊
隨地便溺，破壞公共衛生，罰款六百兩！
真倒霉！
哇！薪水又泡湯啦！
繼續追蹤！
600
……
!
這隻豬有問題，怎麼跟我一樣用站的？
這是什麼豬？好像跟我穿同一牌子的豬皮裝！

聞！
嗅！
不妙！他也是頭公豬！
考考這隻豬的能力！
我問你……豬八戒他媽是怎麼死的？
嗯……這個……這個！
像你一樣是笨死的！
嘻嘻嘻！你答錯了！老實告訴你……
她是肥死的！
你是隻假豬！
你才是冒牌貨！

你是假的！
你才是假的！
嘿！有動靜了！
上！
啊！怎麼有兩頭豬？
快打他！他是假豬！
他才是假豬！快打他呀！
到底哪一隻才是冒牌豬？
嘿嘿嘿！管他的！兩隻一起打準沒錯！

一、二、三，
加油！加油！
哇！
噢！
哇！
哎喲！
子彈型的！
喂！你怎麼把我的褲子給……
啊！對不起！
喂！抓到了沒有？
你問我，我問誰？
別囉嗦！繼續打！
哇呀！
哎喲！
咱們快溜吧！
我有同感！

啊！你看！那……
那是……
那是失蹤已久的母豬群！
怎麼會這樣？
哇！豬群回來囉！
原來是出城找公豬去了！
她們把我們當成公豬了！
哇！這怎麼消受？
偷跑吧！
快逃！

噢咿！噢咿！噢咿！噢咿！噢咿！
呼！好險！
悶死了！
兒子！
啊！原來你是……
爸爸！

原來蔡老石從家鄉遠赴石頭城尋找兒子！
身上盤纏花盡後……
借點吧！
只好喬裝成豬覓食，不料卻歪打正著遇到了蔡一心。
從此——
蔡捕頭將父親蔡老石
安頓在石頭城裡，
侍奉得無微
不至。
喔！
啊！
喲！

咔咔！
軋軋！
萬花樓
爸爸！快回家吃晚飯囉！

時報漫畫叢書 FT824

# 爆笑烏龍院1

作　者——敖幼祥
主　編——林怡君
編　輯——何曼瑄
美術設計——溫國群 lucius.lucius@msa.hinet.net
執行企劃——鄭偉銘
董事長
發行人——孫思照
總經理——趙政岷
出版者——時報文化出版企業股份有限公司
台北市10803和平西路三段二四〇號三F
客服專線—（〇二）二三〇四—七一〇三
（如果您對本書品質有任何不滿意的地方，請打這支電話）
郵撥—一九三四四七二四 時報文化出版公司
信箱—台北郵政七九～九九信箱
時報悅讀網—http://www.readingtimes.com.tw
電子郵件信箱—comics@readingtimes.com.tw
法律顧問——理律法律事務所　陳長文律師、李念祖律師
印　刷——華展印刷有限公司
初版一刷——二〇〇八年七月二十八日
初版六刷——二〇一四年三月六日
定　價——新台幣二八〇元
◎行政院新聞局局版北市業字第八〇號


ISBN 978-957-13-4886-5
Printed in Taiwan

# 爆笑烏龍院 1

## 尋寶拼圖集集樂！
## 神祕贈品即將公開！

### 活動辦法

《爆笑烏龍院》共計五冊，每冊書後都附有一張拼圖卡，只要剪下書後的拼圖截角，集滿五個截角拼成完整圖案，寄回時報出版公司，就能獲得烏龍院限量贈品喔！

※實際贈品內容與活動時間
以時報悅讀網公告為主。
www.readingtimes.com.tw
時報文化出版公司保留贈品更動之權利。

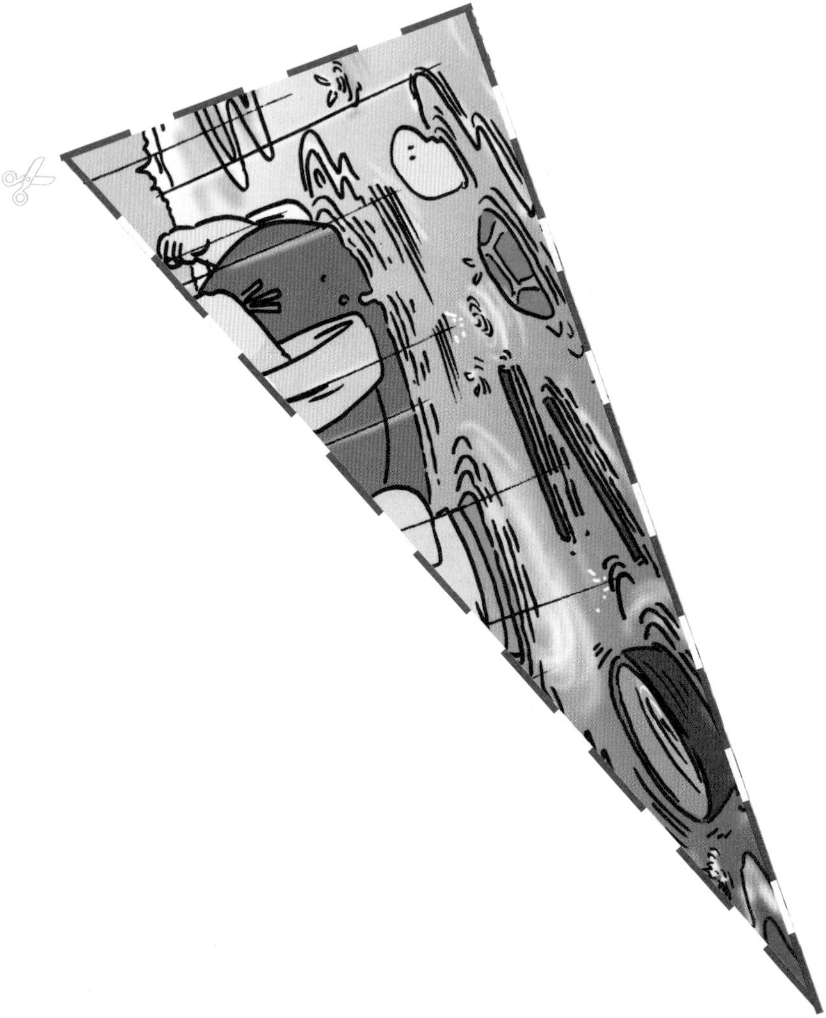

**《爆笑烏龍院1》限定拼圖截角。**

請將上圖沿虛線剪下收集。
詳細活辦法請見背面說明。